Brandon Mull
Spirit Animals
Der Feind erwacht

Brandon Mull

Der Feind erwacht

Band 1

Deutsch von Wolfram Ströle

Ravensburger Buchverlag

Bibliografische Information der Deutschen Nationalbibliothek:

Die Deutsche Nationalbibliothek verzeichnet diese Publikation in der Deutschen Nationalbibliografie. Detaillierte bibliografische Daten sind im Internet auf www.dnb.d-nb.de abrufbar.

Genehmigte Sonderausgabe
© 2015 Ravensburger Buchverlag Otto Maier GmbH
Originaltitel: Spirit Animals. Wild Born
Copyright © 2013 by Scholastic Inc. All rights reserved. Published by arrangement with Scholastic Inc., 557 Broadway, New York, NY 10012, USA.
SCHOLASTIC, SPIRIT ANIMALS and associated logos
are trademarks and/or registered trademarks of Scholastic Inc.
Lektorat: Iris Praël
Umschlagmotiv: Angelo Rinaldi
Umschlaggestaltung: SJI Associates. Inc. und Keirsten Geise
Vorsatzkarte und Vignetten: Wahed Khakdan
Alle Rechte dieser Ausgabe vorbehalten durch
Ravensburger Buchverlag Otto Maier GmbH
Postfach 1860, D-88188 Ravensburg

Printed in Germany

Art.-Nr. 63203

www.ravensburger.de

*Für Sadie, die Tiere liebt.
Und für Fluffy, Buffy und Mango,
die Tiere sind.
B. M.*

Briggan

Hätte Conor die Wahl gehabt, er hätte wohl kaum den wichtigsten Geburtstag seines Lebens damit verbracht, Devin Trunswick beim Anziehen zu helfen. Freiwillig hätte er Devin Trunswick bei gar nichts geholfen.

Aber Devin war der älteste Sohn Erics, des Grafen von Trunswick, und Conor war der dritte Sohn des Schäfers Fenray. Fenray hatte Schulden beim Grafen, deshalb half Conor als Devins Diener, die Schulden abzuarbeiten. So war es vor über einem Jahr vereinbart worden und so sollte es noch mindestens zwei Jahre weitergehen.

Conor musste für die lästigen Haken auf dem Rückenteil von Devins Mantel die richtigen Ösen finden, sonst saß der Mantel schief und warf Falten. Und das bekam Conor dann monatelang zu hören. Der dünne Stoff war zwar schön anzusehen, aber unpraktisch. „Bist du da hinten endlich fertig?", fragte Devin ungeduldig.

„Verzeih, wenn ich dich aufhalte, Herr", antwortete Conor. „Der Mantel hat achtundvierzig Haken. Ich schließe gerade den vierzigsten."

„Das kann ja noch Tage dauern. Erleb ich das noch? Gib's zu, diese Zahl hast du dir doch nur ausgedacht."

Conor unterdrückte eine scharfe Erwiderung. Er hatte schon als Kind ständig Schafe gezählt und kannte sich mit Zahlen wahrscheinlich besser aus als Devin. Aber sich mit einem adligen Herrn anzulegen, brachte nur Ärger. Manchmal schien es so, als wollte Devin ihn bewusst herausfordern. „Nein, ich habe sie gezählt."

Die Tür flog auf und Devins jüngerer Bruder Dawson stürmte ins Zimmer. „Bist du immer noch nicht mit dem Anziehen fertig, Devin?"

„Gib nicht mir die Schuld", protestierte Devin. „Conor schläft beim Arbeiten ein."

Conor begrüßte Dawson nur mit einem kurzen Blick. Je schneller er mit den Verschlüssen fertig war, desto früher konnte er sich selbst bereitmachen.

„Wie soll das denn gehen?", rief Dawson und kicherte. „Das würde mich wirklich mal interessieren, Bruderherz."

Conor unterdrückte ein Grinsen. Dawson redete fast ununterbrochen. Er nervte einen oft, konnte aber auch sehr witzig sein. „Ich bin wach."

„Bist du immer noch nicht fertig?", schimpfte Devin. „Wie viele jetzt noch?"

Conor hätte am liebsten zwanzig gesagt. „Fünf."

„Glaubst du wirklich, du kannst ein Seelentier herbeirufen, Devin?", fragte Dawson.

„Ich wüsste keinen Grund, warum nicht", antwortete Devin. „Großvater hat einen Mungo gerufen, Vater einen Luchs."

An diesem Tag fand in Trunswick die Nektarzeremonie statt. In weniger als einer Stunde sollten die Kinder des Ortes, die in diesem Monat elf wurden, ein Seelentier rufen. Conor wusste, dass Bindungen an Tiere in manchen Familien besonders häufig vorkamen. Aber eine Garantie, dass einem ein Tier erschien, gab es nicht, egal welchen Familiennamen man trug. Heute sollten nur drei Kinder den Nektar trinken. Da war die Wahrscheinlichkeit, dass eines von ihnen Erfolg hatte, eher gering ... Prahlerei im Vorfeld war also wenig ratsam.

„Was für ein Tier bekommst du wohl?", wollte Dawson wissen.

„Das weiß ich genauso wenig wie du", erwiderte Devin. „Was glaubst du?"

„Ein Backenhörnchen", prophezeite Dawson.

Devin stürzte sich auf seinen Bruder, der kichernd wegrannte. Er war nicht so festlich gekleidet wie sein älterer Bruder und konnte sich deshalb freier bewegen. Devin hatte ihn trotzdem schnell eingeholt, warf ihn zu Boden und hielt ihn dort fest.

„Wahrscheinlich eher einen Bären", sagte Devin und

drückte dem Bruder den Ellbogen auf die Brust. „Oder eine Wildkatze wie Vater. Die soll dann zuerst dich fressen."

Conor zwang sich zur Geduld. Als Diener durfte er sich hier nicht einmischen.

„Vielleicht bekommst du gar keins", sagte Dawson frech.

„Dann bin ich später immer noch Graf von Trunswick und somit dein Herr."

„Nicht, wenn Vater länger lebt als du."

„Pass auf, was du da sagst, Kleiner."

„Gott sei Dank bin ich nicht du."

Devin drückte Dawsons Nase zusammen, bis Dawson schrie, dann stand er auf und strich seine Hose glatt. „Wenigstens tut mir nicht die Nase weh."

„Conor trinkt den Nektar auch!", rief Dawson. „Vielleicht ruft er ein Seelentier."

Conor wäre am liebsten im Erdboden versunken. Natürlich machte er sich Hoffnungen. Er konnte gar nicht anders. Zwar hatte es in seiner Familie seit einem zwielichtigen Urgroßonkel keiner mehr zu einem Seelentier gebracht, trotzdem war grundsätzlich alles möglich.

„Natürlich." Devin kicherte. „Und die Tochter des Schmieds wahrscheinlich auch."

„Man weiß nie." Dawson setzte sich auf und rieb sich die Nase. „Was für ein Tier hättest du denn gern, Conor?"

Conor blickte zu Boden. Aber auf die Frage eines Adligen musste er antworten. „Ich kam immer gut mit Hunden zurecht. Ich glaube, ein Schäferhund wäre mir das Liebste."

„Wie originell!" Devin lachte. „Der Schäfer träumt von einem Schäferhund."

„Ein Hund wäre toll", sagte Dawson.

„Aber gewöhnlich", erwiderte Devin. „Wie viele Hunde hast du denn, Conor?"

„Du meinst meine Eltern? Zehn, als ich sie zuletzt gezählt habe."

„Wie lange hast du deine Eltern nicht mehr gesehen?", fragte Dawson.

Conor versuchte ganz ruhig zu klingen. „Über ein halbes Jahr."

„Kommen sie heute auch?"

„Sie werden es versuchen. Hängt davon ab, ob sie zu Hause wegkönnen." Er tat gleichgültig für den Fall, dass sie es nicht schafften.

„Na, da kannst du ja gespannt sein." Devin klang verächtlich. „Wie viele Haken noch?"

„Drei."

Devin drehte sich um. „Dann Beeilung. Wir sind spät dran."

Auf dem Platz hatte sich eine eindrucksvolle Menschenmenge versammelt. Schließlich rief nicht jeden Tag der Sohn eines Grafen ein Seelentier. Gemeine und Adlige waren gekommen – Alte, Junge und alles dazwischen. Musiker spielten, Soldaten marschierten auf und ab und ein Straßenhändler verkaufte kandierte Früchte. Für den Grafen und seine Familie hatte man eine kleine Tribüne errichtet. Wie an einem Feiertag, dachte Conor. Einem Feiertag für alle, außer ihm. Die Luft war kühl und klar, und in der Ferne hinter den blauen Dächern und Kaminen von Trunswick ragten die grünen Berge auf, durch die Conor jetzt am liebsten gestreift wäre.

Er hatte schon einige Nektarzeremonien besucht, aber noch nie erlebt, dass jemand tatsächlich ein Seelentier gerufen hätte. Obwohl das auf diesem Platz zu seinen Lebzeiten schon einige Male vorgekommen war. Die Zeremonien, die er erlebt hatte, waren eher schlicht verlaufen und es waren nur wenige Besucher gekommen. Sie hatten auch nicht so viele Tiere mitgebracht.

Dem allgemeinen Glauben zufolge erhöhte das Mitbringen von Tieren die Chance einer erfolgreichen Anrufung. Wenn das stimmte, hatte Devin vielleicht Glück. Auf dem Platz waren nicht nur jede Menge Haustiere zu sehen, sondern auch Volieren voller Vögel mit exotischem Gefieder, ein Pferch mit Rehen und Elchen, verschiedene Wildkatzen in Käfigen, drei Dachse in einem Gehege und ein mit einem Halseisen an einen Pfosten geketteter Schwarzbär. Sogar ein Tier, das Conor nur aus Erzählungen kannte, war da – ein großes Kamel mit zwei behaarten Höckern.

Er ging zur Mitte des Platzes. Die vielen Zuschauer machten ihn verlegen, und er wusste nicht, was er mit seinen Händen tun sollte. Die Arme verschränken oder sie lieber an den Seiten herunterhängen lassen? Er ließ den Blick über die einschüchternde Menge wandern. Gott sei Dank waren die meisten Blicke auf Devin gerichtet.

Plötzlich sah er seine Mutter, die ihm zuwinkte. Neben ihr standen seine älteren Brüder und sein Vater. Sogar Soldier hatten sie mitgebracht, seinen Lieblingshund.

Alle waren sie da! Beim Anblick seiner Familie ließ die Beklemmung ein wenig nach und das Heimweh erwachte – nach den Wiesen, über die er gewandert war, den Bächen, in denen er geschwommen war, und den Schluchten, die er erkundet hatte. Rechtschaffene Arbeit hatte er verrichtet, meist im Freien – Holz gehackt, Schafe geschoren und Hunde gefüttert. Das Haus seiner Eltern war klein, aber behaglich, ganz anders als das zugige Riesenschloss des Grafen. Conor hob kurz die Hand und winkte seiner Mutter zurück.

Der künftige Graf von Trunswick schritt vor ihm zu der Bank in der Mitte des Platzes. Dort wartete bereits Abby, die Tochter des Schmieds. Bewegungslos und von dem Menschenauflauf sichtlich eingeschüchtert saß sie da. Sie trug für jedermann sichtbar ihre besten Kleider, Kleider, die freilich viel armseliger waren als das einfachste Kleid von Devins Mutter oder Schwester. Conor wusste, dass auch er neben Devin unscheinbar aussah.

Vor der Bank standen zwei Grünmäntel. Isilla, die Frau mit dem blassen Gesicht, kannte er bereits. Sie hatte die grauen Haare mit einem glitzernden Netz zusammengebunden und der Goldzeisig Frida saß auf ihrer Schulter. Meist führte Isilla die Nektarzeremonie durch. Sie hatte auch seinen beiden Brüdern den Nektar gegeben.

Den anderen Grünmantel kannte er nicht. Er war groß und hager und hatte breite Schultern und ein Gesicht, das so wettergegerbt war wie sein Mantel. Seine Haut war dunkler als die der anderen Anwesenden, als stammte er aus dem nordöstlichen Nilo oder dem Südwesten von Zhong – mitten in Eura bot er einen ungewöhnlichen Anblick. Sein Seelentier war nicht zu sehen, aber unter einem Ärmel lugte ein Tattoo hervor. Ein Schauer überlief Conor. Denn das Tattoo bedeutete, dass das Seelentier des Fremden sich zurzeit auf seinem Arm im Ruhezustand befand.

Abby stand auf und machte einen Knicks vor Devin. Devin setzte sich auf die Bank und winkte Conor zu sich. Auch Conor und Abby nahmen Platz.

Isilla gebot der Menge mit erhobenen Händen Schweigen. Der Fremde trat einen Schritt zurück, sodass sie im Mittelpunkt der Aufmerksamkeit stand. Conor hätte gern gewusst, weshalb er gekommen war. Wahrscheinlich hatte seine Anwesenheit wie der restliche Aufwand mit Devins hoher Stellung zu tun.

„Hört mich an, ihr braven Bürger von Trunswick!", rief Isilla mit durchdringender Stimme. „Wir sind heute im Angesicht von Mensch und Tier hier versammelt, um den heiligsten Ritus Erdas' zu vollziehen. Wenn Mensch und Tier sich verbinden, wächst ihnen daraus ein Vielfaches an Kraft zu. Vielleicht gelingt es einem der drei Kandidaten, diese Verbindung einzugehen – Lord Devin Trunswick, Abby, Tochter des Grall, oder Conor, Sohn des Fenray. Wir alle hier werden bezeugen, was nun geschieht."

In dem lauten Beifall nach der Nennung Devins gingen die Namen der anderen beiden Kandidaten unter. Doch Conor achtete darauf, sich nichts anmerken zu lassen. Wenn er ganz still dasaß und Ruhe bewahrte, ging die Zeremonie am schnellsten vorbei. Devin durfte ehrenhalber zuerst vom Nektar trinken. Wer als Erster trank, so hieß es, habe die besten Aussichten auf Erfolg.

Isilla bückte sich nach einer mit verschlungenen Mustern verzierten Lederflasche, die mit einem Stöpsel verschlossen war. Sie hob die Flasche über den Kopf, damit alle sie sehen konnten. Dann zog sie den Stöpsel heraus. „Devin Trunswick, komm her."

Unter dem Klatschen und Pfeifen der Menge trat Devin vor. Isilla legte den Finger an die Lippen und der Lärm erstarb. Devin kniete sich vor sie. In einer so demütigen Haltung hatte Conor ihn noch nie gesehen, denn in Eura knieten Adlige nur vor ranghöheren Adligen. Die Grünmäntel jedoch beugten das Knie vor niemandem.

„Empfange den Nektar des Ninani."

Conors Herz begann unwillkürlich zu klopfen, als die Flasche sich zu Devins Lippen neigte. Vielleicht würde er jetzt zum ersten Mal erleben, wie aus dem Nichts ein Seelentier erschien! Devin schluckte und Isilla trat zurück. Tiefes Schweigen legte sich über den Platz. Devin hatte die

Augen geschlossen und das Gesicht dem Himmel zugewandt. Der erste Augenblick verging. Jemand hustete. Nichts geschah. Verwirrt öffnete Devin die Augen und blickte sich um.

Soviel Conor gehört hatte, kam das Seelentier entweder gleich nachdem der Kandidat von dem Nektar gekostet hatte oder überhaupt nicht. Devin stand auf und drehte sich suchend einmal um sich selbst. Doch von einer Erscheinung war nichts zu sehen. Die Zuschauer begannen zu murmeln.

Isilla zögerte und wandte sich der Tribüne zu. Conor folgte ihrem Blick. Der Graf saß grimmig auf seinem Thron, sein Luchs lag ihm zu Füßen. Obwohl ihm ein Seelentier erschienen war, hatte er beschlossen, den grünen Mantel nicht zu tragen.

Isilla sah den fremden Grünmantel an und der Mann nickte kaum merklich. „Danke, Devin", rief sie. „Abby, Tochter des Grall, tritt vor!"

Devin kehrte gereizt an seinen Platz zurück. Sein Gesicht war vollkommen ausdruckslos, aber seine Haltung verriet tiefe Demütigung. Verstohlen blickte er zu seinem Vater hinüber und dann zu Boden. Als er die Augen wieder hob, war sein Blick eisig und die Scham hatte sich in Wut verwandelt. Conor wandte sich ab. Am besten ging er Devin jetzt eine Weile aus dem Weg.

Abby trank, doch wie Conor erwartet hatte, geschah nichts. Sie kehrte zur Bank zurück.

„Conor, Sohn des Fenray, tritt vor!"

Ein nervöser Schauer überlief Conor, als er seinen Namen hörte. Wenn schon Devin versagt hatte, wie sollte dann ausgerechnet er eine Chance haben? Aber alles war möglich. Noch nie hatte er so sehr im Mittelpunkt der allgemeinen Aufmerksamkeit gestanden. Er ging nach vorn, den Blick starr auf Isilla gerichtet, um die anderen Anwesenden auszublenden, doch das wollte ihm nicht recht gelingen.

Wenigstens würde er gleich wissen, wie der Nektar schmeckte. Sein ältester Bruder Wallace hatte ihn mit sauer gewordener Ziegenmilch verglichen, aber Wallace machte gern Scherze. Sein anderer Bruder, Garrin, hatte an Apfelmost denken müssen. Conor leckte sich die Lippen. Egal wie der Nektar schmeckte: Sobald er davon trank, war seine Kindheit offiziell beendet.

Er kniete sich vor Isilla. Sie musterte ihn mit einem rätselhaften Lächeln. Hatte sie die anderen Kandidaten auch so eindringlich angesehen?

„Empfange den Nektar des Ninani."

Conor hielt den Mund an die Flasche. Der Nektar war dick wie Sirup und würzig süß wie in Honig eingelegtes Obst. Er zerging sofort auf der Zunge. Conor schluckte. Noch nie hatte er so etwas Wohlschmeckendes gekostet.

Isilla zog die Flasche zurück, denn niemand bekam mehr als einen Schluck. Conor stand auf, um zur Bank zurückzukehren. In seiner Brust breitete sich ein Brennen und Kribbeln aus.

Auf einmal wurden die versammelten Tiere unruhig. Die Vögel kreischten, die Wildkatzen fauchten, der Bär brüllte und die Elche trompeteten. Das Kamel schnaubte und scharrte mit den Hufen.

Die Erde begann zu beben und der Himmel verdunkelte sich, als hätte sich jäh eine Wolke vor die Sonne geschoben. Ein greller Lichtstrahl erhellte das Dunkel in Bodennähe; Conor war der Erscheinung ganz nahe, sogar näher noch als jenem Blitz, der einmal direkt vor ihm in den Baum auf der Kuppe des Hügels eingeschlagen hatte.

Die Zuschauer erschraken und wurden unruhig. Von dem grellen Licht geblendet, machte Conor die Augen ein paarmal auf und zu, bis er wieder sehen konnte. Das Kribbeln breitete sich von seiner Brust in Arme und Beine aus. Trotz der unheimlichen Situation durchströmte ihn eine unerklärliche Freude.

Und dann sah er den Wolf.

Er hatte wie jeder Schafhirte der Gegend seine Erfahrungen mit Wölfen. Schon oft hatten Wolfsrudel Schafe in seiner Obhut gestohlen. Wölfe hatten auch drei seiner Lieblingshunde getötet. Weil so viel Vieh von Wölfen gerissen worden war, hatte Conors Vater sich beim Grafen verschuldet. Und niemals würde Conor jene Nacht vor zwei Jahren vergessen, in der er und seine Brüder gegen die Raubtiere gekämpft hatten. Ein ganzes Rudel hatte dreist versucht, Schafe aus dem Pferch auf der Hochweide zu holen.

Nun stand, hocherhobenen Hauptes, der größte Wolf vor ihm, den er je gesehen hatte – gut genährt, langbeinig und mit einem prächtigen, grauweißen Fell. Conor betrachtete die großen Pfoten, die scharfen Krallen, die spitzen Zähne und die auffallend kobaltblauen Augen.

Blaue Augen? In der Geschichte Erdas' hatte nur ein Wolf so tiefblaue Augen.

Conor blickte zu der euranischen Fahne hinüber, die an der Tribüne des Grafen hing. Sie zeigte auf leuchtend blauem Grund Briggan den Wolf, das Schutztier Euras. Unverwandt ruhte sein Blick auf dem Betrachter.

Der Wolf trottete auf Conor zu und blieb vor ihm stehen. Dann setzte er sich wie ein gehorsamer Hund auf die Hinterläufe. So war sein Kopf auf Conors Hüfthöhe. Nur mit Mühe widerstand Conor dem Drang zurückzuweichen. Unter anderen Umständen wäre er vor diesem Tier weggerannt oder hätte es angebrüllt. Er hätte Steine geworfen oder sich mit einem dicken Knüppel gewehrt. Er spürte ein Vibrieren, fast schon ein Zittern am ganzen Körper. Und einige Hundert Menschen sahen ihm zu. Dieser Wolf war aus dem Nichts aufgetaucht!

Zutraulich blickte der Wolf zu ihm auf. Trotz seiner Größe und Wildheit wirkte er vollkommen beherrscht. Dass das Raubtier ihm mit einem solchen Respekt begegnete, erfüllte Conor mit heiliger Scheu. Aus den blauen Augen sprach eine Klugheit, die mehr war, als die eines Tieres. Dabei schien der Wolf auf etwas zu warten.

Zitternd streckte Conor die Hand aus und der Wolf leckte mit seiner warmen, rosafarbenen Zunge darüber. Die Berührung traf Conor wie ein Schlag und das Kribbeln in seiner Brust erlosch.

Einen Augenblick lang fühlte Conor einen Mut, eine Klarsicht und eine geistige Wachheit wie noch nie zuvor. Mit gesteigerten Sinnen roch er den Wolf. Er wusste instinktiv, dass es sich um ein Männchen handelte und dass es ihn als ebenbürtig betrachtete.

Doch erst als er in Devin Trunswicks wutverzerrtes Gesicht blickte, wurde Conor klar, was geschehen war. Er hatte ein Seelentier herbeigerufen!

Und zwar nicht irgendein Tier, sondern einen Wolf. Das war eigentlich unmöglich. Denn der Wolf Briggan war eines der Großen Tiere, und Seelentiere gehörten nie derselben Art an wie ein Großes Tier, das wusste jeder. Ein Wunder war geschehen: Ein ausgewachsener Wolf rieb die Schnauze an Conors Hand. Ein Wolf mit tiefblauen Augen.

Die Menge schwieg verwirrt, der Graf hatte sich aufmerksam vorgebeugt. Devin schäumte, Dawson hatte das Gesicht zu einem erstaunten Grinsen verzogen.

Der Fremde im grünen Mantel trat zu Conor und nahm seine Hand. „Ich bin Tarik", sagte er mit einer tiefen Stimme. „Ich komme von weit her und habe dich gesucht. Bleibe bei mir und ich beschütze dich. Du brauchst das Gelübde erst abzulegen, wenn du bereit bist, aber du musst mich anhören. Denn vieles hängt von dir ab."

Conor nickte benommen, noch ganz überwältigt von dem, was gerade passiert war.

Tarik hob Conors Hand hoch. „Bürger von Trunswick", rief er weithin vernehmbar, „die Kunde von dem, was heute hier geschehen ist, wird sich in ganz Erdas verbreiten! In der Stunde unserer Not ist Briggan zurückgekehrt!"

URAZA

Geduckt und mit langsamen, gleichmäßigen Bewegungen schob Abeke sich durch das hohe Gras. Sie gab genau acht, wohin sie trat, so wie ihr Vater es sie gelehrt hatte, und machte kein Geräusch. Mit plötzlichen Bewegungen oder Lärm hätte sie ihr Opfer in die Flucht geschlagen. Und wenn die Antilope die Flucht ergriff, hatte sie keine Zeit mehr, sich an ein anderes Tier anzuschleichen.

Das Tier senkte den Kopf und knabberte am Gras. Es war noch jung, aber Abeke wusste, dass es trotzdem viel schneller rennen konnte als sie selbst. Wenn ihr die Antilope entkam, musste sie mit leeren Händen nach Hause zurückkehren.

Sie blieb stehen und legte einen Pfeil auf die Sehne ihres Bogens. Als sie den Bogen spannte, knarrte er. Die Antilope hob ruckartig den Kopf, doch da flog der Pfeil schon durch die Luft, bohrte sich in ihre Brust und traf Herz und Lunge. Das Tier taumelte und brach zusammen.

Für die Bewohner von Abekes Dorf war diese Beute wichtig. Aufgrund der Dürre gab es weniger zu essen als sonst, und da ein Ende der Trockenheit nicht abzusehen war, zählte jeder Bissen. Abeke kniete sich neben das verendete Tier. „Verzeih mir, dass ich dir das Leben genommen habe", sagte sie leise. „Aber unser Dorf braucht dein Fleisch. Ich habe mich ganz nahe herangeschlichen und auf dein Herz gezielt, damit du nicht leiden musstest. Bitte verzeih mir."

Abeke blickte zum wolkenlosen Himmel auf. Dem Stand der Sonne nach war der Tag bereits weiter fortgeschritten, als sie gedacht hatte. Wie lange hatte sie ihre Beute verfolgt? Zum Glück war die Antilope so klein, dass Abeke sie tragen konnte. Sie warf sich den Kadaver über die Schulter und machte sich auf den Heimweg.

Die Sonne brannte auf die ausgedörrte braune Ebene nieder. Die Büsche waren vertrocknet und brüchig, die Sträucher verwelkt. In der Ferne flimmerten ein paar einsame Affenbrotbäume mit dicken Stämmen und ausladenden Ästen in der Hitze.

Abeke hielt Augen und Ohren offen. Menschen gehörten nicht zur bevorzugten Beute der großen Raubkatzen, aber das konnte sich in Zeiten der Nahrungsknappheit schnell ändern. Und Katzen waren nicht die einzige Gefahr in der Savanne von Nilo. Jeder, der den Palisadenzaun des Dorfes hinter sich ließ, musste sich wappnen.

Mit jedem Schritt lastete die Antilope schwerer auf Abekes

Schultern. Aber sie war groß und stark für ihr Alter. Außerdem freute sie sich schon so sehr darauf, ihrem Vater die Beute zu zeigen, dass sie die sengende Sonne vergaß.

In ihrem Dorf jagten normalerweise die Männer. Frauen wagten sich selten nach draußen. Umso mehr würden alle über die Antilope staunen! Sie hätte ihren elften Namenstag nicht besser feiern können.

Ihre Schwester Soama mochte schöner sein und besser tanzen, singen und weben und ganz allgemein geschickter mit den Händen sein. Dafür hatte sie noch nie ein Tier getötet.

Vor einem Jahr, an ihrem elften Namenstag, hatte Soama dem Dorf einen Perlenteppich geschenkt. Er zeigte Reiher, die über einen Teich fliegen. Viele hatten gesagt, sie hätten noch nie eine so schöne Arbeit von einer jungen Künstlerin gesehen. Doch einen Teppich kann man nicht essen, Perlen stillen keinen Durst und nur ein echter Reiher füllt den Magen.

Abeke musste lächeln. Noch nie hatte ein Kind an seinem Namenstag dem Dorf ein selbst erlegtes Tier geschenkt. Diese Gabe hatte einen richtigen Nutzen.

Um nicht vorzeitig von den Spähern entdeckt zu werden, schlich sich Abeke genauso ins Dorf zurück, wie sie es verlassen hatte – durch ein Loch im Zaun, das der Schlucht zugewandt war. Deshalb musste sie ein Stück klettern, was nicht gerade einfach war mit dem Gewicht der toten Antilope auf den Schultern. Aber sie schaffte es.

Die Zeit drängte. Ohne auf die Blicke der Nachbarn zu achten, eilte Abeke zum Haus ihrer Familie. Wie die meisten Behausungen des Dorfes war es rund, hatte Mauern aus Stein und ein spitz zulaufendes Strohdach. Soama erwartete sie bereits. In ihrem orangefarbenen Gewand und dem perlenbesetzten Kopftuch sah sie wunderschön aus. Abeke war selbst sehr hübsch, aber dem Vergleich mit ihrer Schwester hielt sie nicht stand. Und sie hatte auch keine Lust, sich hübsch zu machen: Sie bevorzugte praktische Kleidung und Zöpfe, die man nach hinten binden konnte.

„Abeke!", rief Soama. „Wo warst du? Weiß Vater, dass du wieder da bist?"

„Ich war jagen", erklärte Abeke stolz. Die Antilope hing noch über ihren Schultern. „Ganz allein."

„Du bist allein nach draußen gegangen?"

„Wo sollte ich sonst eine Antilope herkriegen?"

Soama schlug die Hand vor die Augen. „Warum machst du immer so verrückte Sachen? Vater hat sich irrsinnige Sorgen gemacht, weil du verschwunden warst. Und jetzt kommst du zu spät zu deinem Bindungsritual!"

„Das schaff ich schon noch", versicherte Abeke. „Ich beeile mich. Schließlich brauche ich mich nicht wer weiß wie herzurichten. Die anderen werden sich wohl kaum beschweren, wenn sie erst sehen, was ich mitgebracht habe."

Hinter Abeke ging die Tür auf und sie drehte sich um. Ihr Vater, ein hochgewachsener, schlanker, muskulöser Mann mit kahl rasiertem Schädel trat ein und funkelte sie zornig an. „Abeke! Chinwe hat gesagt, du seist zurückgekehrt. Ich wollte gerade einen Suchtrupp losschicken."

„Ich brauchte doch noch eine schöne Gabe zu meinem Namenstag", erklärte Abeke. „Deshalb habe ich diese Antilope erlegt."

Ihr Vater schloss schwer atmend die Augen. „Abeke", sagte er mit mühsamer Beherrschung, „heute ist ein wichtiger Tag. Du kommst zu spät und bist mit Staub und Blut besudelt. Dein Verschwinden hat das ganze Dorf in Aufregung versetzt. Begreifst du denn nicht, was du angerichtet hast?"

Abeke fiel in sich zusammen, ihr Stolz löste sich auf und ihre Freude erlosch. Ihr fiel keine passende Antwort ein und Tränen traten ihr in die Augen. „Aber … mir ist doch nichts passiert. Du weißt, dass ich eine gute Jägerin bin. Es sollte eine Überraschung sein."

Ihr Vater schüttelte den Kopf. „Du hast selbstsüchtig und töricht gehandelt. Die Antilope ist kein angemessenes Geschenk für die Gemeinschaft. Sie zeigt doch nur, dass du nicht weißt, was sich gehört. Was sagt sie über dich? Über uns? Was lehrt sie die anderen Kinder? Du wirst als Geschenk den Krug überreichen, den du getöpfert hast."

„Aber der Krug ist hässlich!", erwiderte Abeke unglücklich. „Ein Affe könnte einen schöneren machen. Ich habe kein Talent zum Töpfern."

„Weil du dich nicht anstrengst", erklärte ihr Vater. „Eine Antilope zu erlegen, zeugt von Geschick, aber auch von mangelndem Urteilsvermögen. Über deine Strafe unterhalten wir uns später. Mach dich bereit. Ich sage den anderen, dass dein Bindungsritual doch noch stattfindet. Soama soll dir helfen. Nimm dir ein Beispiel an ihr, dann machst du uns keine Schande."

Abeke war untröstlich. „Ja, Vater."

Er verließ das Haus und Abeke nahm die Antilope von den Schultern und legte sie auf den Boden. Jetzt merkte sie auch, dass sie voller Schmutz und Blut war. Wie betäubt starrte sie auf ihre schöne Beute. Die Antilope war zu einem Symbol ihrer Schande geworden.

Abeke konnte kaum die Tränen zurückhalten. Dabei hatte heute doch ihr Tag sein sollen! Ausnahmsweise einmal. Sonst drehte sich immer alles um Soama: darüber, wie klug, wie schön, wie begabt sie sei. Heute sollte Abeke den Nektar des Ninani trinken. Würde ihr ein Seelentier erscheinen? Wahrscheinlich nicht. Doch in jedem Fall war sie ab heute eine Frau, ein vollwertiges Mitglied der Dorfgemeinschaft. Und zur Feier dieses Ereignisses hatte sie ein ganz besonderes Geschenk beisteuern wollen.

Wenn doch ihre Mutter noch gelebt hätte. Sie hatte Abeke am besten von allen verstanden. Aber sie war kränklich gewesen und früh gestorben.

Abeke ergab sich ihren Tränen und begann zu schluchzen.

„Dafür ist jetzt keine Zeit", mahnte Soama. „Du bist spät dran und siehst schon schlimm genug aus."

Mit zusammengebissenen Zähnen unterdrückte Abeke

ihre Verzweiflung. Ihre Schwester sollte sie nicht weinen sehen. „Was soll ich tun?"

Soama trat zu ihr und wischte ihr die Tränen aus dem Gesicht. „Vielleicht solltest du doch weinen. Wir haben nicht genug Wasser zum Waschen."

„Jetzt bin ich mit Weinen fertig."

„Dann versuchen wir es so."

Willenlos wie eine Puppe ergab Abeke sich in ihr Schicksal. Sie beklagte sich weder über die kratzige Bürste noch über den nur wenig feuchten Lappen und machte auch keinerlei abfällige Bemerkung über die Kleider und den Schmuck, den sie anlegen musste. Sie überließ alles Soama und tat so, als wäre die Antilope nicht da.

Als sie aus dem Haus trat, wartete das ganze Dorf auf sie und bildete eine Gasse, durch die sie hindurchlaufen sollte. Abeke hatte sich so sehr auf diesen Augenblick gefreut, denn oft schon hatte sie selbst für andere Teilnehmer der Zeremonie Spalier gestanden.

Ihr Vater wie auch die meisten anderen Männer musterten sie streng. Einige Frauen blickten tadelnd, andere mitleidig. Einige ihrer Freundinnen kicherten.

Abeke schritt zwischen den Bewohnern des Dorfes hindurch und spürte bei jedem Schritt, wie sehr sie die anderen enttäuscht hatte. Am liebsten wäre sie weggerannt und hätte sich von einem Löwen auffressen lassen.

Doch sie marschierte erhobenen Hauptes weiter, den missglückten Krug in der Hand. Der Wind war stärker geworden und wirbelte Staub auf. Eine Wolke verdunkelte die Sonne. Abekes Gesicht zeigte keine Regung.

So schritt sie immer weiter, während sich die Menge hinter ihr schloss und eine wachsende Schar sich anschickte, ihr zu folgen. Am Ende der Gasse sah Abeke Chinwe stehen. Chinwe hatte sich den grünen Umhang, den sie nur bei diesem Ritual trug, nachlässig über die Schulter geworfen. Ihre dürren Beine waren nackt und an einem Bein war das Tattoo ihres Gnus zu sehen.

Als Abeke näher kam, stimmte Chinwe einen Sprechgesang an. Die Dorfbewohner wiederholten die Verse in der alten Stammessprache. Abeke verstand wie auch die anderen nur wenige Worte, aber so war es Brauch.

Abeke kniete sich vor Chinwe hin. Sie spürte den grobkörnigen Sand an ihren nackten Knien. Immer noch singend, tauchte Chinwe eine kleine Schale in ein größeres Gefäß. Ihr Blick verriet weder Ärger noch Tadel. Sie wirkte genauso wie immer bei einer solchen Zeremonie – ruhig, fast ein wenig gelangweilt.

Abeke nahm die Schale von Chinwe entgegen. Sie enthielt nur eine kleine Menge klarer, zäher Flüssigkeit. Abeke trank. Der Nektar schmeckte wie jene kalte Suppe, die ihre Mutter früher aus zerstoßenen Nüssen zubereitet hatte. Süßer zwar, aber ansonsten verblüffend ähnlich. Die Erinnerung an ihre Mutter trieb Abeke erneut Tränen in die Augen.

Sie gab die Schale zurück und blickte fragend zu Chinwe auf. War das wirklich echter Nektar gewesen? Oder hatte

Chinwe ihn bloß durch eine Suppe aus Wurzeln und Nüssen ersetzt? Chinwe nahm die Schale zurück, ohne ihren Sprechgesang zu unterbrechen.

Abeke fühlte sich benommen und schwindlig, dabei aber innerlich aufgewühlt. War das bei allen so, die vom Nektar getrunken hatten? Sie nahm ihre Umgebung überdeutlich wahr, roch den Regen in der Luft und hörte die einzelnen Stimmen des Sprechgesangs so klar, dass sie sogar sagen konnte, wer unter den Zuschauern falsch sang. Auch ihren Vater und ihre Schwester hörte sie heraus.

Der Himmel verdunkelte sich und es donnerte. Der Gesang brach ab und alle blickten nach oben. Abeke hatte nur einmal erlebt, wie ein Seelentier erschienen war. Hano hatte es gerufen, der Großneffe des alten Regentänzers. Abeke war damals sechs Jahre alt gewesen, aber sie erinnerte sich nicht, Donner gehört zu haben. Hinter Hano war ein sanftes Licht erschienen, aus dem ein Ameisenbär getrottet war.

Doch jetzt warf eine gleißende Lichtsäule, heller als jedes Signalfeuer, lange Schatten auf das Dorf. Einige Dorfbewohner schrien erschrocken auf. Das Licht erlosch und an seiner Stelle war eine Leopardin erschienen.

Von Kopf bis Fuß von einem merkwürdigen Summen erfüllt, starrte Abeke sie staunend an. Sie war groß und schlank, fast so groß wie ein Löwe, mit einem makellos glänzenden Fell. Draußen in der Wildnis wäre es Abeke nie im Leben eingefallen, so nahe vor einer solchen Raubkatze stehen zu bleiben.

Niemand sprach. Voll geschmeidiger Anmut trat die Leopardin auf Abeke zu und rieb die Schnauze an ihrem Bein. Bei der ersten Berührung verschwand das Summen in Abekes Körper.

Sie blickte sich um. Das Dorf kam ihr auf einmal fremd und klein vor. Sie musste von hier weg! Es war ihr, als könnte sie jederzeit mühelos auf das nächstgelegene Dach springen, wenn sie nur wollte. Sie wünschte sich nichts mehr, als frei durch die Savanne zu streifen, zu jagen und auf Berge zu klettern.

Die Leopardin rieb sich an ihrer Hüfte und riss sie aus dem Gefühlschaos. Ihr Körper straffte sich. Sie konnte kaum glauben, was gerade geschehen war. Dieses Tier könnte sie noch immer mit einem einzigen Biss töten.

Eine Kinderstimme durchbrach die Stille. „Sie sieht aus wie Uraza." Die Menge begann zu murmeln. Die Leopardin entfernte sich einige Schritte von Abeke, als hätte sie das Interesse an ihr verloren, doch dann drehte sie sich zu ihr um. Sie sah tatsächlich aus wie Uraza! Sie hatte sogar die berühmten violetten Augen, die leuchteten wie Amethyste. Wie konnte das sein? Alle wussten: Niemand kann einen Leoparden rufen. Einen Gepard vielleicht, aber nicht einen Leoparden, von einem Leoparden mit violetten Augen ganz zu schweigen.

Donner rumpelte über die Köpfe der Menge und rasch wurde aus den ersten Regentropfen ein Wolkenbruch. Mit offenen Mündern blickten die Menschen zum Himmel auf und breiteten die Arme aus. Freudenrufe und Lachen wurden laut. Jemand fasste Abeke am Handgelenk. Es war Chinwe. Ein seltenes Lächeln trat auf ihr Gesicht. „Ich glaube, wir haben unseren neuen Regentänzer gefunden."

Der alte Regentänzer war vor über zwei Jahren gestorben. Seitdem hatte es in Okaihee nicht mehr geregnet. Hin und wieder waren kleinere Unwetter am Dorf vorbeigezogen, aber kein einziger Tropfen war gefallen. Sogar tiefe Brunnen trockneten aus. Die Menschen hatten lange darüber nachgedacht, wie man den Fluch brechen könnte.

„Einen Regentänzer?", fragte Abeke verwirrt.

„Alles spricht dafür", sagte Chinwe.

Abekes Vater näherte sich mit einem misstrauischen Seitenblick auf die Leopardin. „Lass uns nach drinnen gehen."

Abeke sah ihn an. Wegen des strömenden Regens musste sie die Augen zusammenkneifen. „Kannst du das glauben?"

„Nein, wahrhaftig nicht." Er klang kühl. War er immer noch wütend auf sie?

„Deine Tochter hat die Dürre beendet", sagte Chinwe.

„Sieht ganz so aus."

„Und sie hat eine Leopardin gerufen. Vielleicht *die* Leopardin."

Abekes Vater nickte nachdenklich. „Die verschollene Beschützerin von Nilo. Was bedeutet das, Chinwe?"

„Ich weiß es nicht. Es widerspricht … Ich muss einen Weisen fragen."

Abekes Vater betrachtete die Leopardin. „Ist sie wirklich keine Gefahr für uns?"

Chinwe zuckte mit den Schultern. „Sie ist so gefährlich wie jedes andere wilde Geschöpf. Sie ist Abekes Seelentier."

Abekes Vater betrachtete seine Tochter. Regentropfen prasselten auf seinen kahlen Schädel. „Der Regen macht die Zeit, die du vor dem Ritual vertrödelt hast, wieder wett. Komm!"

Abeke folgte ihrem Vater. Ihr schönes Gewand war vollkommen durchnässt. Sie verstand nicht, weshalb er so unzufrieden war. „Bist du enttäuscht?", fragte sie.

Er blieb mitten im Regen stehen und fasste sie an den Schultern. „Ich bin verwirrt. Dabei sollte ich glücklich sein, weil du ein Seelentier gerufen hast. Aber du hast einen Leoparden gerufen! Und auch noch einen, der aussieht wie unsere Beschützerin, von der die alten Geschichten erzählen. Du bist immer etwas Besonderes gewesen, im Guten wie im Schlechten. Und jetzt auch noch das! Wird dein Tier Unheil über dich bringen? Über uns? Oder verheißt es Gutes? Ich weiß nicht, was ich denken soll."

Die Leopardin ließ ein tiefes Knurren hören. Es klang mehr wie Unmut als wie eine Drohung. Abekes Vater ging zum Haus. Die Leopardin folgte ihnen. In der Eingangstür wartete ein Fremder. Er trug euranische Kleider – Stiefel, Hosen und einen prächtigen blauen Mantel, dessen Kapuze ihn vor dem Regen schützte und sein Gesicht verhüllte. Abekes Vater blieb vor ihm stehen. „Wer bist du?"

„Ich heiße Zerif", antwortete der Mann, „und ich komme von weit her. Deine Tochter hat das Unmögliche vollbracht, wie Yumaris die Unergründliche, die weiseste Frau von ganz Erdas, es vor einigen Wochen vorhergesagt hatte. Was heute geschehen ist, wird die Welt verändern. Ich will dabei helfen."

„Dann tritt ein", sagte Abekes Vater. „Ich bin Pojalo."

Die drei traten ein. Die Leopardin folgte ihnen lautlos.

Drinnen erwartete sie Soama. Ihre Kleider waren feucht, nicht richtig nass, offenbar hatte sie sich beeilt, nach Hause zu kommen. „Da ist sie ja", sagte sie. Ihr Blick folgte der Leopardin argwöhnisch. „Oder träume ich?"

„Ist sie nicht wunderschön?", fragte Abeke. Die Leopardin hob schnuppernd die Nase, dann setzte sie sich neben Abeke. Die strich ihr über das feuchte Fell. Der strenge Raubtiergeruch störte sie nicht.

„Ich habe Angst vor ihr", sagte Soama und sah hilfesuchend ihren Vater an. „Muss sie hier drinnen sein?"

„Sie gehört zu mir", sagte Abeke sofort.

Der Fremde setzte die Kapuze ab. Er war mittleren Alters, hatte hellbraune Haut und einen sorgfältig gestutzten Kinnbart. „Vielleicht kann ich helfen. Ihr seid bestimmt sehr verwirrt. Als du heute aufgewacht bist, Abeke, konntest du nicht wissen, dass du die Geschicke der Welt ändern würdest."

„Wo kommst du her, Zerif?", fragte Pojalo.

„Ein Reisender wie ich kommt von überall her", antwortete dieser.

„Bist du ein Grünmantel?" Der Fremde kam Abeke so selbstbewusst wie ein Grünmantel vor.

„Ich bin ein Gezeichneter, trage aber nicht den grünen Mantel. Ich arbeite mit den Grünmänteln zusammen, sammle aber vor allem Wissen über die Großen Tiere. Habt ihr von den Kämpfen im südlichen Nilo gehört?"

„Nur Gerüchte", sagte Pojalo. „Angeblich handelt es sich um ausländische Eindringlinge. Aber wir waren in der letzten Zeit nur damit beschäftigt, genug Wasser und Essen zum Überleben aufzutreiben."

„Die Gerüchte sind das Ächzen eines Damms, der bald brechen wird", sagte Zerif. „Bald wird nicht nur in Nilo, sondern in ganz Erdas Krieg herrschen. Die Gefallenen Tiere kehren zurück. Deine Tochter hat eines von ihnen gerufen. Damit steht sie im Mittelpunkt der Kämpfe."

Pojalo warf der Leopardin einen erschrockenen Blick zu. „Wir dachten uns schon, sie hätte Ähnlichkeit mit …"

„Nicht nur Ähnlichkeit", verbesserte Zerif. „Abeke hat Uraza gerufen."

„Aber wie …?", flüsterte Soama mit schreckgeweiteten Augen.

„Auf das Wie gibt es keine Antwort", sagte Zerif. „Es geht nur darum, was sie tut. Ich biete meine Hilfe an. Ihr müsst schnell handeln. Die Leopardin wird Abeke viele Feinde machen."

„Was schlägst du vor?", fragte Pojalo. „Abeke ist unsere neue Regentänzerin und wird dringend gebraucht."

„Ihre Macht wird uns noch viel mehr als Regen bringen", meinte Zerif düster.

Abeke runzelte die Stirn. Der Fremde hatte offensichtlich Pläne mit ihr – und ihr Vater hörte ihm eifrig zu. Wollte er sie loswerden? Wäre er auch so interessiert gewesen, wenn Soama die Leopardin gerufen hätte?

Zerif zupfte an seinem Bart. „Wir haben viel zu tun. Aber der Reihe nach – ihr habt vielleicht bemerkt, dass Uraza unruhig ist. Ich schlage deshalb vor, ihr gebt ihr entweder die tote Antilope zu fressen oder ihr lagert diese an einem anderen Ort."

Jhi

Meilin saß auf einem Kissen vor dem Spiegel und trug sorgfältig Schminke auf. Sonst überließ sie es ihren Dienerinnen, sie für Feste und Bankette herzurichten, aber heute war ein besonders wichtiger Tag. Heute wollte sie perfekt aussehen. Und wer das wollte, musste selbst dafür sorgen.

Sie vollendete die Striche um ihre Augen und betrachtete ihr Werk. Auch unbemalt war sie schon ein Kunstwerk, jetzt hatte sie es vollendet. Ständig sprachen die Leute davon, wie atemberaubend schön sie sei. Nie hatte sie sich schminken müssen, um Komplimente zu bekommen. Aber jetzt hatte sie ihre natürliche Schönheit gleichsam überhöht und noch anziehender gemacht.

Die helle Grundierung und die vollen Lippen konnte jeder hinkriegen. Aber Meilin beherrschte außerdem noch einige Tricks, die ihre Dienerinnen nicht kannten – wie man das Rouge für die Wangen richtig mischte, wie man die goldenen Sprenkel um die Augen platzierte und wie man die Frisur durch kleine Unregelmäßigkeiten noch interessanter gestaltete.

Sie übte zuerst ein schüchternes Lächeln, dann ein begeistertes Lächeln, gefolgt von einem überraschten Blick und zuletzt einer mürrischen Grimasse. Anschließend fuhr sie mit den Händen glättend über ihr seidenes Gewand und erklärte ihr Werk mit einem stummen Nicken für vollendet.

An der Tür klopfte es zögernd. „Herrin?", rief eine helle Stimme munter. „Kommst du zurecht? Oder soll ich dir helfen?"

Ihre erste Dienerin Kusha gab ihr auf diese Weise höflich zu verstehen, dass die Feierlichkeiten zum Tag der Bindung ins Stocken geraten waren. Die wichtigsten Leute der Provinz waren versammelt und warteten auf sie. „Ich bin fast fertig", antwortete sie. „Ich komme gleich."

Sie wollte die anderen ein wenig warten lassen, gerade so lange, um ihre Neugier zu steigern. Die anderen Kandidaten hatten bereits von dem Nektar gekostet. Meilin sollte ihn als Letzte trinken. Der letzte Platz war der Ehrenplatz. Als Tochter von General Teng, einem der fünf Oberbefehlshaber der Armee von Zhong, war Meilin der letzte Platz bei der vierteljährlich stattfindenden Bindungszeremonie sicher. Dass sie das einzige Kind des Generals war, steigerte ihre Bedeutung noch zusätzlich. Denn sie hatte keinen Bruder, der ihr das Geburtsrecht streitig machen konnte.

Ihre Mutter hatte ein Seelentier gerufen, dasselbe galt für

alle vier Großeltern und alle acht Urgroßeltern. Ihr Vater, ihr Großvater und zwei Urgroßväter waren Generäle gewesen, andere Vorfahren zumindest mächtige Kaufleute. Nur die Familie des Kaisers konnte sich eines besseren Stammbaums rühmen.

Ihr Vater hatte zwar kein Seelentier gerufen, war aber trotzdem zu einem höheren militärischen Rang aufgestiegen als jeder andere Vorfahr. Er war eine Respekt gebietende Persönlichkeit – keiner war verschlagener, scharfsinniger oder, wenn man ihm in die Quere kam, zorniger. Am Vorabend hatte er ihr mitgeteilt, dass sie am heutigen Tag ein Seelentier rufen würde. Meilin wusste nicht, ob er eine Wahrsagerin befragt oder selbst eine Vision gehabt hatte; jedenfalls hatte er vollkommen überzeugt geklungen und er irrte sich nie.

Sie nahm ihren Sonnenschirm. Er war mit bemaltem Papier bespannt und diente nur dekorativen Zwecken. Sie hängte ihn sich über die Schulter und warf einen letzten Blick in den Spiegel.

Da schlug eine schwere Faust gegen die Tür und sie erschrak. Das war keine Zofe.

„Ja?", rief sie.

„Bist du angezogen?", rief eine männliche Stimme.

„Ja."

Die Tür ging auf und General Chin erschien in seiner Festtagsuniform. Er war der engste Berater ihres Vaters. War es denn schon so spät?

„Ist etwas passiert, General?"

„Verzeihung, wenn ich hier störe", sagte er. Er machte eine Pause und leckte sich die Lippen. Er wirkte beunruhigt und unschlüssig, wie er fortfahren sollte. „Ich bringe ... schlechte Nachrichten. Der Angriff auf Zhong hat begonnen. Wir müssen die Zeremonie sofort durchführen und dann ausrücken."

„Angriff?"

„Du hast doch gewiss von den Scharmützeln im Südwesten gehört."

„Natürlich." Ihr Vater hatte kaum Geheimnisse vor ihr. Von einer ernsthaften Bedrohung hatte er ihr allerdings nichts gesagt.

„Wir haben soeben erfahren, dass sie nur das Vorspiel eines großen Angriffs waren. Dein Vater ist auf einen solchen Angriff zwar vorbereitet, aber selbst er hat nicht damit gerechnet, dass unsere Feinde über so viele Männer und Mittel verfügen." General Chin schluckte. „Die Stadt Shar Liwao ist bereits gefallen. Wir befinden uns ganz offiziell im Krieg."

Meilin brachte kein Wort heraus. Sie konnte nicht glauben, dass General Chin die Wahrheit sagte. Shar Liwao gehörte zu den größten Städten jenseits der Mauer und war ein wichtiger Hafen von Zhong. Fingen Kriege so an? An Tagen, an denen man eigentlich glücklich sein sollte? Sie fühlte sich plötzlich unwohl und wäre am liebsten allein gewesen. Bestimmt würde ihr Vater bald aufbrechen. Zhong war mächtig und es gab in ganz Erdas keinen besseren Feldherrn. Er würde wissen, was zu tun war. Aber er hatte ihr auch die Gefahren des Krieges beschrieben. Ein verirrter Pfeil konnte den stärksten Helden zu Fall bringen. Im Krieg war niemand sicher.

„Die ganze Stadt ist gefallen?"

„Ja. Es treffen immer noch Berichte ein. Der Angriff erfolgte blitzschnell – durch ein Bündnis zhongesischer Rebellen und ausländischer Angreifer."

„Ich lasse die Zeremonie ausfallen und hole sie später nach", sagte Meilin.

„Nein, die Nachricht ist gerade erst eingetroffen, die Bevölkerung weiß noch nichts davon, und dabei soll es vorerst bleiben. Sprich bitte nicht davon, alles muss wirken wie immer."

Meilin nickte. „Also gut, an mir soll es nicht liegen. Aber mein Vater muss schon ausrücken, es ist schließlich ein Notfall."

„Er besteht darauf, dass du den Nektar trinkst, bevor er aufbricht."

Meilin folgte General Chin nach draußen. Die Fragen ihrer Zofen, die sich ihnen anschlossen, beantwortete sie nicht. Das herrschaftliche Haus lag unmittelbar am Paradeplatz, sie hatten also keinen weiten Weg.

Meilin öffnete den Sonnenschirm und ging den Mittelgang zur Bühne entlang. Tausende von Schaulustigen reckten die Hälse, um sie zu sehen. General Chin ging neben ihr, die Orden an seiner Brust funkelten. Die Menschen jubelten. Nach außen hin war alles wie immer an einem solchen Festtag. Niemand wusste, was passiert war.

In der Nähe der Bühne saßen die Zuschauer auf Stühlen. Wer mehr Geld besaß und einen höheren Rang bekleidete, hatte es bequemer. Doch als Meilin sich näherte, standen auch Würdenträger, Kaufleute und Beamte auf und applaudierten.

Meilin zwang sich zu einem Lächeln und nickte allen zu, die sie kannte. Die ganze Veranstaltung kam ihr auf einmal wie eine Riesenheuchelei vor. Ob die Menschen hier ihre Maske durchschauten?

Ein Junge, der am Mittelgang stand, rief ihren Namen. Es handelte sich um Yenni aus ihrer Schule. Sein Vater war Beamter in der Provinz. Yenni hatte ihr seine Zuneigung immer offen gezeigt, obwohl er fast drei Jahre älter war. Sie antwortete ihm mit einem schüchternen Lächeln. Daraufhin wurde er rot und grinste von einem Ohr zum anderen.

Obwohl sich viele Jungen um Meilin bemühten, hatte sie noch niemanden geküsst, denn sie wollte sich nicht wie eine Trophäe fühlen. Sie hatte nicht nur einen Vater, der wohlhabend und ein beliebter General war, sondern war auch selbst attraktiv und gebildet. All diese Jungen kannten sie nicht wirklich. Meilin wäre für sie nur eine Eroberung gewesen, ihr wahres Wesen interessierte sie wahrscheinlich gar nicht.

Was die Jungen wohl sagen würden, wenn sie ihr Geheimnis wüssten? Unter der Schminke und der teuren Seidenrobe war sie nämlich alles andere als eine zarte Blume. Zwar wusste sie sich zu benehmen, konnte malen, Tee servieren, gärtnern, Gedichte vortragen und singen. Aber ihre Lieblingsbeschäftigung war der Kampf. Und zwar der Nahkampf – von Angesicht zu Angesicht.

Es hatte alles ganz harmlos angefangen, als sie fünf Jahre alt gewesen war. Ihr Vater war General und ein praktisch veranlagter Mensch. Er kannte die besten Krieger von Zhong persönlich und seine Tochter sollte die Grundlagen der Selbstverteidigung erlernen. Doch er konnte damals nicht einmal ahnen, was für eine Begabung in ihr schlummerte und welch großen Gefallen sie an der Kampfkunst finden würde.

Von Jahr zu Jahr hatte sie eifriger trainiert und wurde so insgeheim zu dem Sohn, den ihr Vater nie gehabt hatte. Sie konnte mit Messern, Stöcken und Speeren genauso gut umgehen wie mit Langbögen, Armbrüsten und Schleudern. Ihre Lieblingsdisziplin war allerdings der Kampf mit Händen und Füßen. Knappe sechs Wochen nach ihrem elften Geburtstag konnten sie darin nur noch die größten Meister schlagen. Sie war schlank, aber stark. Eine glänzende Zukunft stand ihr bevor.

Sie hoffte, dass ihr Seelentier sie zu einer noch besseren Kriegerin machen würde. Denn aus der engen Bindung zu einem Seelentier wuchsen einem wundersame Kräfte zu.

Mithilfe des richtigen Tieres wurde aus einem tüchtigen Krieger ein großer Krieger und aus einem großen Krieger eine Legende.

Was für ein Tier wohl am besten zu ihr passte? Ihr Vater nannte sie „kleiner Tiger". Ja, ein Tiger wäre schön. Ein Ochse auch, denn der verlieh große Kraft. Aber sie vermied tunlichst, sich ein bestimmtes Tier zu wünschen.

Die Zuschauer waren ganz von ihrem Anblick betört. Nur die höchsten Beamten wussten, dass ein Krieg bevorstand. Bald würden alle mit ganz anderen Dingen beschäftigt sein als mit einer Nektarzeremonie.

An der Bühne angekommen, klappte Meilin ihren Schirm zusammen und reichte ihn einer Dienerin. Ihren Vater sah sie in der ersten Reihe sitzen. Er sah in seiner Uniform wirklich blendend aus und sie grüßte ihn mit einem höflichen Nicken. Sein Blick ruhte anerkennend auf ihr. Ihre Gefasstheit schien ihn zu beeindrucken.

Auf der Bühne und darum herum standen zahlreiche Käfige mit Tieren, eine königliche Menagerie aus Orang-Utans, Tigern, Pandabären, Füchsen, Alligatoren, Kranichen, Pavianen, Pythons, Straußen, Ochsen, Wasserbüffeln und sogar zwei jungen Elefanten. Es gab in ihrer Provinz viele Tiere, aber so viele wie an diesem Bindungstag hatte Meilin noch nie an einem Ort versammelt gesehen. Dafür hatte ihr Vater gesorgt.

Auf der Bühne wartete bereits Sheyu, der Anführer der örtlichen Grünmäntel, in einem schlichten Gewand. Sein

Nebelparder war nicht zu sehen, befand sich also im Ruhezustand. Wenn sie sich richtig erinnerte, trug Sheyu das Tattoo seines Tieres auf der Brust.

Ihr Vater wusste nicht so recht, was er von den Grünmänteln halten sollte. Er respektierte sie, fand aber, dass sie zu viel Macht und zu viele Verbindungen ins Ausland hätten. Es missfiel ihm, dass nur sie den Nektar austeilen und sich auf diese Weise überall in fremde Angelegenheiten einmischen konnten.

Meilin dagegen war schwer von ihnen beeindruckt und der Grund dafür lag auf der Hand: Die Armee von Zhong nahm keine Frauen auf, die Grünmäntel schon. Sie beurteilten die Menschen nur nach ihren Fähigkeiten, nicht nach ihrem Geschlecht.

Auf der Bühne erwartete Meilin eine Frau, deren Aussehen und Kleidung sie als Fremde auswiesen. Sie ging barfuß, war klein und von jener zerbrechlichen Gestalt, die einige Männer so anziehend fanden. Die Federn in ihren Haaren verrieten, dass sie aus Amaya stammte. Neben ihr saß ein farbenprächtiger exotischer Vogel.

Sheyu winkte Meilin zu sich heran. Sie trat vor ihn, ohne den Blick von der Menge zu wenden, denn es sah immer so stümperhaft aus, wenn die Kandidaten dem Publikum den Rücken zukehrten.

Mit durchdringender Stimme sprach Sheyu die vorgeschriebenen Worte. Meilin nahm sich fest vor, die Fassung zu bewahren, falls doch kein Seelentier erscheinen sollte. Ihr

Vater hatte auch keins und war trotzdem reich und mächtig geworden – sie würde es ihm in jedem Falle gleichtun.

Sheyu hielt ihr eine Karaffe aus Jade an die Lippen. Meilin nahm einen Schluck. Die warme Flüssigkeit schmeckte unerwartet bitter. Nur mit großer Mühe konnte sie ein Würgen unterdrücken. Sie zwang sich, den Nektar lächelnd herunterzuschlucken. Einen Moment lang fürchtete sie, einen Hustenanfall zu bekommen. Dann breitete sich in ihrem Bauch eine sengende Hitze aus. Die Hitze durchströmte ihre Glieder und ihre Ohren begannen zu dröhnen.

Trotz des wolkenlosen Himmels verdunkelte sich die Sonne. Ein Lichtblitz leuchtete auf und als Nächstes stand ein Pandabär neben ihr. Er war besonders groß und hatte verstörend silberfarbene Augen wie Jhi oder der Große Seehund von Zhong.

Der Panda trottete zu Meilin, stellte sich auf und legte die Vorderpfoten auf ihre Brust. Augenblicklich erlosch die sengende Hitze.

Für einen Moment fiel alle Anspannung von Meilin ab. Sie spielte keine Rolle vor einem Publikum mehr, sondern war nur noch sie selbst. Sie genoss die warme Sonne auf ihrer Haut und das laue Lüftchen, das sie umwehte.

Der Moment verging.

Verwirrt starrte sie ihr Seelentier an. Ein Großer Panda? Niemand rief einen Großen Panda, denn Jhi war einer gewesen und Jhi gehörte zu den Großen Tieren, zu den Gefallenen. In der hinteren Ecke des Paradeplatzes stand eine monumentale, aber irgendwie lächerlich wirkende Statue von ihr. Ein Panda war das Gegenteil eines Tigers, eher tapsig und niedlich als mächtig und bedrohlich. Welche Fähigkeiten verlieh er einem Krieger? Vielleicht den Appetit auf Bambus?

Aus dem Publikum kam kein Laut. Meilin suchte den Blick ihres Vaters. Er wirkte entsetzt.

Die Frau aus Amaya war neben sie getreten. „Ich heiße Lenori", sagte sie ruhig. „Ich bin hier, um dir zu helfen."

„Bist du ein Grünmantel?"

„Ja, auch wenn ich ihn nicht trage. Du weißt, was du getan hast?"

„Eigentlich kann man gar keinen Panda rufen."

„Genau." Lenori nahm Meilins Hand und hob sie hoch. „Meilin hat eine Prophezeiung erfüllt, an die sich nur wenige erinnern! Jhi die Gefallene ist nach Erdas zurückgekehrt! Lasst uns alle ..."

Der letzte Teil ihres Satzes ging im Läuten der Alarmglocken unter. Erschrocken ließ Meilin den Blick über den Paradeplatz wandern. Hing das Läuten mit der Invasion zusammen? Aber das konnte nicht sein. Shar Liwao lag weit entfernt, jenseits der Mauer von Zhong. Meilin versuchte, eine undurchdringliche Miene zu bewahren, doch da ertönte von der Stadtmauer das dreifache Signal der großen Hörner – ein langes, tiefes Brummen, das vor unmittelbar bevorstehender Gefahr warnte.

Die Zuschauer wurden unruhig und begannen zu rufen.

Meilin wusste, dass sie immer noch im Mittelpunkt der Aufmerksamkeit stand, deshalb bewegte sie sich nicht und tat, als wäre sie ganz ruhig. Das konnte nur ein Übungsalarm sein. Aber etwas stimmte ganz und gar nicht. Lag da nicht Rauchgeruch in der Luft? Leider konnte sie nicht über die hohen Mauern des Paradeplatzes sehen.

Da ertönten die ersten Schreie. Am hinteren Ende des Paradeplatzes, hinter den bewachten Sitzplätzen der Würdenträger, waren Tumulte ausgebrochen. Männer und Frauen warfen ihre Mäntel ab, viele riefen ihre Seelentiere zu Hilfe. Dann gingen sie mit Schwertern und Äxten auf die Zuschauer los. Die Menschen wandten sich zur Flucht, doch da raste plötzlich ein angreifender Stier durch die Menge. Drei Pfeile flogen durch die Luft und landeten klappernd auf der Bühne.

Meilin beachtete sie nicht, obwohl einer so dicht neben ihr lag, dass sie mit dem Fuß danach hätte treten können. Sie hatte von Aufständen in einigen abgelegenen Städten gehört, aber in Jano Rion war so etwas noch nie passiert. Jano Rion, die Modellstadt, gehörte zu den mächtigsten Städten in ganz Zhong.

Mit einem Lichtblitz setzte Sheyu sein Seelentier frei. Der Nebelparder stieß einen wütenden Schrei aus. Sheyu zog einen Handschuh an, an dem vier scharfe Messer befestigt waren. Mit der anderen Hand packte er Meilin am Oberarm und zog sie zu sich. „Die wollen dich holen!", schrie er.

Stolpernd folgte sie ihm zum hinteren Bühnenrand und

warf dabei immer wieder Blicke zurück zum Paradeplatz: Wachen traten den Rebellen entgegen und Speere prallten auf Schwerter, Äxte auf Schilde. Immer wieder erreichten Waffen ihr Ziel und die Getroffenen schrien auf. Meilin hatte von ihrem Vater viel über das Kämpfen gelernt, aber bis dahin noch nie erlebt, wie Menschen getötet wurden. Jetzt musste sie in wenigen Augenblicken mehr mit ansehen, als sie verkraften konnte. Bevor sie mit Sheyu von der Bühne sprang, beobachtete sie noch, wie Kusha, ihre erste Dienerin, auf die Knie fiel. In Kushas Rücken steckte ein Pfeil.

Meilin sprang von der Bühne und wurde von ihrem Vater aufgefangen. In seiner Gesellschaft befanden sich General Chin und Lenori. „Schnell!", drängte er. „Wir müssen sofort zum Turm. Von dort können wir die Stadt überblicken."

Die Worte verliehen Meilin neue Kraft und sie nickte tapfer. Sie blickte noch einmal zurück und sah, wie ihre Pandabärin Jhi schwerfällig von der Bühne hinuntersprang. Wenigstens schien sie unverletzt.

Ob Kusha an dem Pfeil sterben würde? Die Wunde hatte schlimm ausgesehen.

Ihr Vater rannte auf eine Tür hinter der Bühne zu. Meilin und Sheyu folgten ihm. Von der Seite eilten einige bewaffnete Aufrührer herbei, um ihnen den Weg abzuschneiden. Begleitet wurden sie von einem großen Hund, einem Roten Panda und einem Steinbock mit großen, nach hinten geschwungenen Hörnern.

Die Generäle Teng und Chin zogen zur selben Zeit ihre

Schwerter, wandten sich den Aufrührern zu und hieben auf sie ein. Sheyu streifte sich einen zweiten, mit Messern besetzten Handschuh über und eilte ihnen zu Hilfe.

Auch Meilin wollte helfen, aber sie war unbewaffnet. Panisch sah sie sich nach einer Waffe um, fand aber keine.

General Chin und ihr Vater kämpften mit derselben Gelassenheit wie sonst beim Training. Seite an Seite wehrten sie Angreifer ab, töteten Feinde und deckten sich gegenseitig. Sheyu und sein Nebelparder liefen geduckt zwischen den Aufrührern hindurch, wichen immer wieder ganz knapp Schwerthieben aus und machten weitere Gegner unschädlich.

Lenori zog Meilin zur Tür, Jhi folgte dicht hinter ihr. Eine zweite Gruppe von Rebellen näherte sich und Sheyu und die beiden Generäle wichen zurück.

General Chin, der heftig an der Schulter blutete, öffnete die Tür mit einem Schlüssel. „Schnell!", rief er. Sie eilten nach drinnen und General Chin schloss hinter ihnen ab.

Meilins Vater führte sie im Laufschritt einen Gang innerhalb der Ummauerung entlang. Sie hielt sich dicht hinter ihm. Der Lärm vom Paradeplatz wurde durch die dicken Mauern gedämpft, dafür hallten die Schritte der Fliehenden laut an den Wänden wider. Meilin warf einen Blick über die Schulter. Lenoris Vogel folgte ihnen hüpfend und flatternd und die Pandabärin bildete den Abschluss. Sie war in eine Art Trab verfallen, um mit den anderen Schritt halten zu können.

Meilin wusste, wohin ihr Vater wollte. Der Wachturm in der Ecke des Paradeplatzes war der höchste Aussichtspunkt von Jano Rion. Von dort konnte man den größten Teil der Stadt und fast das ganze Hinterland sehen. Hier konnten sie sich am besten einen Überblick über die Lage verschaffen.

Stumm eilten sie den Gang entlang. Meilin stellte keine Fragen, denn das hatte keinen Sinn. Wenn andere Leute dabei waren, sagte ihr Vater nie, was er wirklich dachte.

Die Soldaten am Fuße des Wachturms standen beim Anblick von Meilins Vater stramm. Er erwiderte knapp ihren Gruß und stieg auf die Hebebühne.

„Was ist das?", fragte Lenori zögernd.

„Ein einfallsreicher Mechanismus", erklärte Sheyu. „Gegengewichte heben die Plattform bis in den obersten Stock des Turms."

Sie betraten die Plattform. Auch der Panda kam, ohne zu zögern, mit. Die Bühne stieg rasch in die Höhe. Meilin blickte unverwandt in die silberfarbenen Augen ihres Seelentieres. Es wirkte trotz des Chaos ringsum gelassen, so als wüsste es genau, was vor sich ging. Meilin konnte diesem Blick nicht standhalten.

Oben angekommen, schob ihr Vater die anderen hastig auf die Aussichtsplattform hinaus. Die Wachen dort setzten ihre Fernrohre ab und salutierten.

„Weitermachen!", befahl Meilins Vater.

Der befehlshabende Offizier näherte sich, aber Meilins Vater winkte ihn weg. Er wollte sich lieber selbst ein Bild von der Situation machen. Meilin stand mit großen Augen neben ihm. Jano Rion, die Hauptstadt der Provinz und eine der größten Städte des Reiches, wurde angegriffen. Überall in und außerhalb der Stadt tobten Kämpfe. Eine gewaltige Streitmacht ergoss sich über die Ebene und setzte dazu an, die Stadtmauer zu erklimmen. Kleine Gruppen von Verteidigern stellten sich ihnen entgegen, wurden aber im Nu überrannt. Viele Angreifer wurden von Tieren begleitet. Andere ritten auf ihnen. Bewaffnet waren die Fremden mit Schwertern, Speeren, Streitkolben und Äxten. Woher kamen sie? Warum hatte niemand vor ihnen gewarnt?

Die Stadt brannte. Auch aus dem Dach der alten Akademie, die Meilin besuchte, schlugen Flammen. Das altehrwürdige Gebäude stand schon seit Jahrhunderten an seinem Platz. Schon Meilins Vorfahren waren dort ausgebildet worden. Und jetzt stürzte es vor ihren Augen ein. In den Straßen wurde erbittert gekämpft. Meilin beugte sich vor, um besser sehen zu können, aber Häuser und Bäume behinderten die Sicht.

Sie hob den Kopf und verspürte einen Stich im Herzen, als sie das versteinerte Gesicht ihres Vaters sah. Er streckte die Hand nach einem Fernrohr aus, hob es ans Auge und fixierte nacheinander verschiedene Punkte innerhalb der Stadtmauer.

„So viele von ihnen haben Seelentiere", murmelte er.

Auch General Chin spähte durch ein Fernglas. „Beispiellos. Eine solche Armee gab es hier nicht mehr seit …"

„... dem Großen Schlinger", sprach Meilins Vater den Satz zu Ende.

Meilin sah ihn überrascht an. Der Große Schlinger war eine Sagengestalt aus der Vergangenheit, ein Ungeheuer aus dem Märchen. Wieso erwähnte ihn ihr Vater gerade jetzt?

„Wo kommen all die Menschen her?", fragte Sheyu. „Wie konnte eine Armee dieser Größe die Mauer von Zhong überwinden, ohne dass ein einziger Wächter sie bemerkt hat?"

Meilin hatte dieselbe Frage auf der Zunge gelegen.

„Diese Leute tragen keine Uniform", sagte er. „Sie haben sicher nicht alle auf einmal die Mauer überrannt. Wahrscheinlich sind sie über viele Jahre einzeln und auf geheimen Wegen ins Land gekommen. Viele sehen wie Zhongesen aus, aber nicht alle. So etwas zu planen, ist sehr aufwändig. Ich habe einen Angriff in dieser Größenordnung immer für unmöglich gehalten. Unsere Armeen sind weit weg von hier an der äußeren Mauer stationiert. Ein Teil davon ist inzwischen nach Shar Liwao unterwegs, aber der Angriff dort war offenbar nur ein Ablenkungsmanöver."

„Was sollen wir tun?", fragte General Chin.

„Unsere Pflicht", antwortete General Teng. Er hob die Stimme. „Ihr anderen geht."

Die Soldaten verließen nun die Aussichtsplattform. Sheyu fasste Lenori am Arm und wandte sich ebenfalls zum Gehen.

„Nicht die Grünmäntel", knurrte der General leise. Er legte Meilin die Hand auf die Schulter, damit auch sie blieb.

Sheyu und Lenori traten näher.

Meilin sah ihren Vater an. Sein Gesicht machte sie bange, aber sie versuchte, ihre Furcht zu unterdrücken.

General Teng nahm kein Blatt vor den Mund. „Jano Rion wird fallen", sagte er. „Wir haben nicht genügend Männer, um die Angreifer zurückzuschlagen. Lenori, du sagst, Meilin hätte Jhi höchstpersönlich gerufen, die Schutzpatronin unseres Landes. Was hat das deiner Meinung nach zu bedeuten?"

„Ich will Meilin zu unserem Anführer bringen", sagte Lenori. „In den vergangenen Wochen sind außer Jhi bereits andere der vier Gefallenen Tiere zurückgekehrt. Dieser Krieg bedroht ganz Erdas. Wir müssen die Vier Gefallenen vereinen und kämpfen. Es ist unsere einzige Chance."

Meilin spürte, wie die Hand auf ihrer Schulter sich verkrampfte.

Ihr Vater nickte knapp. „So sei es. Nimm meine Tochter mit, Lenori. Hier kann sie sowieso nicht bleiben. Sheyu, bringe die beiden bitte nach Xin Kao Dai und sorge dafür, dass sie dort ein Schiff besteigen."

Sheyu legte die Faust an die Brust und neigte den Kopf. „Es ist mir eine Ehre."

„Aber ich will nicht weg von hier, Vater!", rief Meilin. „Lass mich bitte bei dir bleiben und dir helfen, die Stadt zu verteidigen!"

„Hier bist du nicht sicher …"

„Wo wäre ich sicherer als beim größten Feldherrn von Erdas?"

„Nein", fuhr ihr Vater mit erhobener Hand fort, „du wirst anderswo dringender gebraucht." Er beugte sich zu ihr hinunter und sah ihr in die Augen. „Meilin, hör dir an, was der Anführer der Grünmäntel dir zu sagen hat. Wenn er dich überzeugen kann, hilf ihm, wie die Pflicht es gebietet. Wenn nicht, suche einen besseren Weg. Aber vergiss nie, wer du bist und woher du kommst."

„Aber ..."

General Teng schüttelte den Kopf. „Ich will es so."

Meilin wusste, dass das Gespräch damit beendet war. Ihr Schicksal war entschieden. Tränen brannten ihr in den Augen. Sie blickte herab auf den Ansturm der feindlichen Armee, sah die Verräter auf dem Paradeplatz wüten. Wie konnte sie jetzt gehen und ihren Vater, dessen Truppen zerstreut und schon halb besiegt waren, diesen Monstern überlassen?

Sie blickte verstohlen zu Jhi hinüber. In ihrem Blick glaubte sie so etwas wie Mitgefühl zu lesen. Oder bildete sie sich das nur ein? Sie brauchte jetzt kein Mitgefühl, sondern neue Kraft. Ihr Seelentier konnte sie im Kampf nicht unterstützen. Im Gegenteil: Wäre der Panda nicht aufgetaucht, hätte sie jetzt nicht mit den Grünmänteln fortgemusst. Fort von zu Hause, von ihrem Vater.

Vom Fuß der Treppe drang Lärm herauf. Ein verletzter Soldat kam hochgestolpert. „Wir können den Turm nicht mehr lange halten! Sie sind in der Überzahl!"

Meilins Vater nickte. „Haltet sie so lange auf, wie ihr könnt."

Der Soldat verschwand wieder die Treppe hinunter. Waffenklirren war zu hören. Ein Tier schrie. General Chin trat zum oberen Treppenausgang und zog sein Schwert.

Meilins Vater betätigte einige Hebel und die Plattform fuhr wieder nach unten. Dort angekommen, zeigte er auf eine Leiter, die im Inneren des Treppenschachts weiter hinunterführte. „Klettert bis zum ersten Zugangstunnel. Durch ihn könnt ihr unbemerkt die Stadt verlassen."

Meilin konnte ihre Sorge nicht länger zurückhalten. „Und was …"

Doch ihr Vater schnitt ihr mit einer energischen Handbewegung das Wort ab. „General Chin und ich geben euch Rückendeckung, dann fliehen wir selbst." Er lächelte angespannt. „Dieser Pöbel kriegt mich nicht. Jetzt geht."

Widerspruch war sinnlos. Meilin wollte ihren Vater nicht mit weiteren Bitten und Einwänden beschämen.

Schicksalsergeben blickte sie zu ihm auf. „Wie du willst."

Die anderen verschwanden bereits im Treppenschacht. Meilin stellte ein wenig verblüfft fest, dass Jhi trotz ihrer Größe und ihres Gewichts die Leiter ohne Hilfe hinuntersteigen konnte. Im selben Moment, als Meilin den Fuß auf die erste Sprosse setzte, nahm sich General Chin den ersten Gegner vor. Bevor ihr Kopf im Schacht verschwand, sah Meilin noch, wie General Chin und ihr Vater sich mit blitzenden Schwertern auf eine Übermacht von Feinden stürzten.

Sie gab keinen Laut von sich. Denn wenn die Feinde sie

bemerkten, war das Opfer ihres Vaters umsonst. Insgeheim hoffte sie, eine seiner Listen würde ihm das Leben retten.

Mit tränenverschleiertem Blick folgte sie den anderen in den engen Tunnel. Dort nahm Sheyu sie an die Hand und ging voraus.

Essix

Rollan wartete an der Ecke der Apotheke mit dem Rücken zum Laden. In einiger Entfernung standen Smarty und Red auf der Straße und blickten in seine Richtung. Alle Häuser hier waren dick verputzt und hatten abgerundete Fassaden. Rollan gab den beiden Jungen mit einem Blick zu verstehen, dass sie durch ihr Gestarre nicht noch die Aufmerksamkeit der Passanten auf ihn lenken sollten. Sie reagierten sofort und wandten sich ab.

Rollan, der mit fünf Jahren Waise geworden war, wusste, dass er nur als Dieb überleben konnte. Doch er stahl nur, wenn es unbedingt sein musste. Meist ließ er nur Dinge mitgehen, die herrenlos herumstanden. Er nahm an, dass keiner sie mehr bräuchte. Und reiche Leute konnten auf viel verzichten. Wenn irgendwo eine ungegessene Mahlzeit oder ein Karton mit abgelegten Kleidern wartete, war Rollan zur Stelle. Das war Resteverwertung, kein Diebstahl.

Doch was er jetzt brauchte, war auf solche Art nicht zu beschaffen. Weidenextrakt stand nirgendwo herum, dazu war es zu kostbar. Hands hatte für ihn und die anderen Jungen einen kleinen Vorrat besorgt, aber der war jetzt aufgebraucht. Nun hatte Digger schreckliches Fieber bekommen. Und sie hatten die kostbare Medizin für harmlose Wehwehchen verschwendet! Hätten sie Diggers Krankheit vorausgeahnt, hätten sie den Extrakt aufgespart.

Es wäre auch alles nur halb so schlimm gewesen, wenn Hands nicht verhaftet worden wäre. Der hatte ein geschicktes Händchen gehabt, war aber zu gierig geworden ... Als er immer mehr und immer wertvollere Sachen gestohlen hatte, hatte ihn die Miliz schließlich aufgegriffen und eingesperrt.

Rollan blickte verstohlen über die Schulter zur Apotheke. Über dem Eingang hing wie bei vielen Läden der Stadt ein Banner mit dem Falken Essix, dem Schutztier von Amaya. Digger brauchte dringend Hilfe. Er trocknete förmlich aus und es ging ihm immer schlechter. Ohne Arznei starb er am Ende noch.

Rollan verschränkte die Arme und blickte grimmig zu Boden. Er mochte das Stehlen nicht, aber nicht weil es verboten war. In Concorba bereicherte sich ein Heer von Schiebern und Wucherern auf Kosten der Armen. Sie nahmen jenen, die selbst kaum etwas besaßen, noch das Letzte – und hatten selbst vom Gesetz nichts zu befürchten. Aber Stehlen war riskant. Kinder wurden selbst für kleine Vergehen hart bestraft, vor allem wenn sie fast erwachsen waren. Außerdem hatte Rollan seine ganz eigene Art von Ehre: Er wollte den Armen, Kranken und Schwachen nichts wegnehmen und nur stehlen, wenn ihm nichts anderes übrig blieb.

Die anderen Jungen zogen ihn deswegen auf. Sie hatten ihm den Spitznamen „Richter" geben wollen, aber er hatte sich dagegen gewehrt, wie er auch sonst jeden anderen Namen abgelehnt hatte. Deshalb besaß er jetzt als Einziger in der Gruppe keinen Spitznamen.

Etwas aus der Apotheke zu stehlen, war schwirig, egal von welcher Seite aus man es betrachtete. Der Besitzer galt als mürrisch; seine Angestellten waren wachsam und übergaben Störenfriede sofort der Miliz. Rollan hatte die anderen vor einem Diebstahl des Weidenextrakts gewarnt. Hands hätte es schaffen können, aber niemand sonst besaß auch nur annähernd sein Geschick.

Rollan fand es nicht ehrenrührig, um Hilfe zu bitten oder zu betteln. Manche Bäckereien und Wirtshäuser überließen den Kindern auf der Straße bereitwillig altbackenes Brot oder anderes Essen, das keiner mehr haben wollte. Aber die Zeiten waren härter geworden. Amaya war ein junger Kontinent mit vielen noch unerschlossenen Gebieten, und selbst eine so große Stadt wie Concorba litt schnell Not, wenn einmal die Ernte schlecht ausfiel oder Piraten Schiffe mit Versorgungsgütern plünderten. Und die Menschen am unteren Ende der Hackordnung bekamen die Not als Erste zu spüren.

Sie hatten keine Zeit, das Geld für die Medizin zusammenzubetteln. Deshalb hatte Rollan beschlossen, sie zu klauen, wenn er konnte – das Leben eines Freundes war schließlich wichtiger als alles andere. Aber nachdem er die Apotheke genauer ausgekundschaftet hatte, kamen ihm seine Erfolgschancen ziemlich gering vor. Sollte er es trotzdem versuchen?

Er hatte in anderen Geschäften um Hilfe gebeten, nur hier hatte er sich das bis jetzt nicht getraut. Einen Versuch war es immerhin wert. Er straffte die Schultern und trat ein.

Der Besitzer, Eloy Valdez, stand in einer weißen Schürze hinter dem Ladentisch. Er hatte buschige graue Koteletten und einen hohen Haaransatz. Sein Blick wanderte sofort zu Rollan; so etwas geschah jedes Mal, wenn er einen Laden betrat, denn Rollan sah sehr jung und verwahrlost aus. Das konnten selbst seine besten Kleider nicht verbergen.

Er marschierte gleich zum Ladentisch. „Guten Tag, Herr Valdez." Er lächelte sein freundlichstes Lächeln, denn er wusste, dass er trotz seiner Ärmlichkeit mit seinen wuscheligen Haaren und der gebräunten Haut ein hübscher Junge war. Allerdings starrten seine Kleider wirklich vor Schmutz.

„Guten Tag." Der Apotheker beäugte ihn misstrauisch. „Kann ich dir helfen?"

„Nicht mir, sondern einem Freund", erwiderte Rollan. „Er hat schon seit drei Tagen schreckliches Fieber, es wird immer schlimmer. Ich bin Waise und er auch. Er braucht Weidenextrakt. Ich habe kein Geld, aber ich kann hart arbeiten. Ich kann dir beim Aufräumen helfen oder andere Arbeiten erledigen."

Valdez bekam diesen Gesichtsausdruck, den Rollan leider schon allzu gut kannte und der nur eines bedeutete: Ich wollte, ich könnte dir helfen, aber ... „Weidenextrakt ist teuer. Und er ist zurzeit sehr knapp, was den Preis noch weiter nach oben treibt."

„Es macht mir nichts aus, wenn ich viel arbeiten muss", beharrte Rollan.

Valdez sog schneidend die Luft ein. „Du kennst die Zeiten. Meine beiden Gehilfen erledigen alles, was ansteht. Mehr Arbeit habe ich nicht zu vergeben. Es warten auch viele ausgebildete Leute auf freie Stellen. Tut mir leid."

Rollans Wangen brannten vor Scham, aber Digger brauchte ihn. „Kannst du dir nicht etwas einfallen lassen? Damit würdest du einem Kind das Leben retten."

„Ach so, du willst Almosen", sagte Valdez. „Aber die verteile ich grundsätzlich nicht. Medikamente sind teuer. Wenn dein Freund der Einzige in der Stadt wäre, der nicht zahlen könnte, würde ich dir ja helfen. Aber es gibt so viele Leute, die kein Geld haben und dringend etwas brauchen. Wenn ich dir ein Medikament umsonst geben würde, müsste ich auch allen anderen etwas geben. Dann wäre ich in einer Woche bankrott."

„Aber ich würde niemandem sagen, woher ich es habe", versicherte Rollan. „Du kannst vielleicht nicht allen helfen, aber dafür meinem Freund. Bitte, er hat sonst niemanden."

„Dass es hier Weidenextrakt umsonst gibt, wüssten bald alle", beharrte Valdez. „Und du sagst vielleicht die Wahrheit, aber andere erfinden etwas. Wie soll ich beurteilen, was stimmt und was nicht? Ich kann dir nicht helfen. Mach's gut."

Das Gespräch war beendet. Was konnte Rollan noch tun? Wenn er später noch einmal zurückkehrte, würde Valdez ihn noch misstrauischer beobachten. Klauen konnte er den Extrakt jetzt nicht mehr. „Wie wäre dir zumute, wenn du allein und krank auf der Straße sitzen würdest und nirgendwo hinkönntest und niemand dir helfen würde?"

„Genau deshalb lebe ich nicht auf der Straße", sagte Valdez. „Deshalb habe ich hart gearbeitet, bis ich diese Apotheke besaß, und die gedenke ich auch zu behalten. Die Bedürfnisse eines Straßenjungen gehen mich nichts an."

„Arbeit allein reicht oft nicht, um von der Straße wegzukommen", erwiderte Rollan. Ärger stieg in ihm auf. „Auch du kannst in Not geraten. Was wäre, wenn dir der Laden abbrennen würde?"

Valdez kniff die Augen zusammen. „Soll das eine Drohung sein?"

Rollan hob die Hände. „Nein! Ich meine nur, man kann immer Pech haben."

„Aldo!", rief Valdez. „Bring den Jungen zur Tür."

Damit war alles verloren. Rollan konnte sich die höflichen Worte sparen. „Du bist ein herzloser Mensch. Hoffentlich bekommst du im Alter mal eine Krankheit, gegen die es kein Heilmittel gibt."

Ein Hüne mit dicken, behaarten Armen und hochgekrempelten Ärmeln tauchte aus dem hinteren Teil des Ladens auf und marschierte auf Rollan zu. Hinter ihm huschte Smarty herein und duckte sich hinter den Ladentisch.

Wie war er in den Laden gekommen? Durch die Hintertür? Was glaubte er denn? Sein Spitzname „Smarty" war ein Witz gewesen, kein Kompliment. Von wegen schlau! Wegen ihm wurden sie am Ende noch beide erwischt! Rollan bemühte sich krampfhaft, nicht in Smartys Richtung zu blicken. „Bist du schwer von Begriff?", bellte Aldo. „Verschwinde!"

Rollan trat bewusst langsam zur Tür, um Smarty Zeit zu verschaffen.

Doch Aldo holte ihn ein, packte ihn grob am Kragen und schob ihn zur Tür. „Lass dich hier nicht mehr blicken", sagte er warnend.

„Aldo!", rief Valdez.

Rollan drehte sich um und sah Smarty in den hinteren Teil der Apotheke laufen.

„Er hat ein Päckchen Weidenextrakt geklaut!", rief Valdez. „Santos!"

Aldo kehrte um, ohne Rollan loszulassen. „Komm sofort zurück oder dein Freund wird es büßen!", schrie er.

Doch Smarty drehte sich nicht um und war bereits verschwunden, als Aldo an der Hintertür ankam.

„Santos!", rief Valdez, der ihnen gefolgt war. „Wo ist Santos?"

„Er macht doch eine Besorgung für dich", sagte Aldo.

Wütend wandte Valdez sich an Rollan. „Und du erzählst mir was von Schulden abzahlen – dabei wolltest du mich nur ablenken, während dein Komplize sich von hinten reinschleicht! Wie mies, selbst für so heruntergekommenes Gesindel wie dich."

„Das war seine Idee", protestierte Rollan.

„Spar dir die Worte", sagte Aldo. „Du warst Komplize bei einem Diebstahl und wirst dafür büßen."

Rollan trat Aldo gegen das Knie, aber der Hüne zuckte nicht einmal zusammen und hielt Rollan mit seiner Pranke am Kragen fest.

„Aldo bringt dich zur Miliz", sagte Valdez.

Es hat keinen Zweck, sich mit ihm anzulegen, dachte Rollan. Wenigstens bekam Digger jetzt doch noch die rettende Medizin.

Im Hauptquartier der städtischen Miliz war der Keller voller Gefängniszellen. Schimmel bedeckte die feuchten Wände und auf dem schmutzigen Steinboden lag modriges Stroh. Die Zellen waren nur durch Eisengitter voneinander abgetrennt, sodass die Gefangenen einander sehen konnten. Rollan saß auf einer aus Weidenruten geflochtenen, halb verrotteten Matte. Noch drei weitere Zellen waren besetzt. Ein Häftling machte einen kränklichen Eindruck und war ausgemergelt, ein zweiter schlief bereits seit Rollans Ankunft, und der dritte gehörte zu jener Sorte Männer, der man nach

Rollans Erfahrung besser aus dem Weg ging. Er hatte wahrscheinlich etwas Schlimmes angestellt.

Ein Wärter hatte Rollan mitgeteilt, dass er am nächsten Tag dem Richter vorgeführt werden solle. Weil er noch so jung sei, würde er vielleicht ins Waisenhaus zurückgeschickt. Bei dieser Vorstellung überlief es ihn kalt. Schlimmer als im Waisenhaus von Concorba konnte es nirgends zugehen. Der Leiter verdiente gut, weil er den Kindern kaum etwas zu essen gab, sie wie Sklaven arbeiten ließ, sie wie Bettler kleidete und keinen Pfennig für Medikamente ausgab. Rollan war nicht ohne Grund von dort ausgerissen. Wahrscheinlich war das Gefängnis noch besser als das Waisenhaus.

Eine Tür ging auf und Stiefel polterten die Treppe hinunter. Wurde ein neuer Gefangener gebracht? Rollan stand auf, um besser sehen zu können. Nein, der Wärter kam allein, ein beleibter Mann mit stoppeligem Kinn. Eine Kladde in der Hand, trat er zu Rollans Zelle.

„Wie alt bist du?"

Warum fragte er das? Da Rollan nicht wusste, ob er sich lieber jünger oder älter machen sollte, sagte er einfach die Wahrheit. „Ich werde nächsten Monat zwölf."

Der Mann notierte es. „Du bist Waise."

„Eigentlich bin ich ein verschollener Prinz. Wenn Sie mich nach Eura zurückbringen, gibt mein Vater Ihnen eine Belohnung."

Der Mann ging nicht auf diese verblüffende Enthüllung ein. „Wann bist du aus dem Waisenhaus ausgerissen?"

Rollan überlegte, fand aber keinen Grund, weshalb er lügen sollte. „Mit neun."

„Hast du den Nektar getrunken?"

Mit dieser Frage hatte er nicht gerechnet. „Nein."

„Du weißt, was geschehen kann, wenn du ihn nicht trinkst?"

„Ein Seelentier könnte von allein auftauchen."

„Genau. Und wer den Nektar nicht innerhalb eines Vierteljahres nach seinem elften Geburtstag trinkt, verstößt gegen die Stadtordnung."

„Gut, dass ich schon hinter Gittern sitze. Soll ich dir einen Rat geben? Die Stadt sollte lieber ein Gesetz dagegen machen, dass Elfjährige sterben, weil sie keine Medikamente kriegen!"

Der Wärter brummte missbilligend. „Über so was macht man keine Witze."

„Klang das wie ein Witz? Hast du das schon mal erlebt? Dass ein Mensch einsam und allein am Fieber stirbt, weil er sich den Weidenextrakt nicht leisten kann? Setz doch die fehlende Nektareinnahme einfach mit auf die Liste der Anklagepunkte. Ich gebe hiermit zu Protokoll, dass mir niemand welchen angeboten hat."

„Die Miliz gibt ihn an alle Elfjährigen aus, die ihn noch nicht getrunken haben."

„Dafür solltet ihr alle Orden bekommen", sagte Rollan.

Der Wärter hob tadelnd den Finger. „Wenn du zu denen gehörst, die ein Seelentier haben, erscheint es dir spätestens, wenn du zwischen zwölf und dreizehn Jahre alt bist. Aber weißt du, was passieren kann, wenn das ohne den Nektar geschieht? Das Risiko ist unwägbar. Manche werden verrückt, andere krank, einige sind auf der Stelle tot. Wieder anderen passiert nichts."

„Mit dem Nektar dagegen geht es immer gut", sagte Rollan.

„Die Großen Tiere haben in letzter Zeit vielleicht nicht besonders viel für uns getan, aber für den Nektar werden wir Ninani ewig dankbar sein. Um etwas davon zu haben, muss man ihn allerdings auch trinken."

Rollan schnaubte. „Wie groß ist die Wahrscheinlichkeit, dass ich ein Tier herbeirufe? Hundert zu eins? Noch geringer?"

Der Wärter ging nicht auf diesen Einwand ein. „Ich kenne einen Grünmantel, eine Frau, die sich um Waisen kümmert. Die schicke ich nachher vorbei."

Er wandte sich ab und stieg die Treppe hinauf. Rollan machte ein paar Dehnübungen, drehte die Hüften und streckte die Hände nach oben.

„Ich hätte nicht gedacht, dass ich heute noch eine Zeremonie zu sehen bekomme", sagte der ausgemergelte Mann in der hintersten Zelle. „Was für ein Tier wird dir wohl erscheinen?"

„Gar keins", sagte Rollan.

„Das habe ich seinerzeit auch gedacht", sagte der Hagere. „Aber ich habe mich geirrt. Bei mir kam ein Igel."

„Du bist ein Grünmantel?", fragte Rollan überrascht.

Der Hagere schnaubte und sah ihn traurig und mit hängenden Schultern an. „Siehst du irgendwo einen Mantel? Mein Tier wurde getötet. Und ohne es bin ich … Lieber hätte ich einen Arm oder ein Bein verloren."

Zwei Stunden später kehrte der Wärter in Begleitung zweier uniformierter Milizkämpfer und einer Frau in einem grünen Mantel zurück. Sie war noch keine zwanzig und von mittlerer Größe. Ihr Gesicht war nicht schön, aber ihre Miene freundlich.

Der Wärter schloss die Zellentür auf und winkte Rollan nach draußen. Ein Milizionär trug einen kleinen Käfig mit einer Ratte.

Rollan trat aus der Zelle und nickte in Richtung Ratte. „Soll das ein Witz sein?"

„Es heißt doch, dass Seelentiere eher erscheinen, wenn Tiere anwesend sind", sagte der Milizionär mit einem spöttischen Lächeln. „Die Ratte haben wir vor einigen Jahren gefangen. Sie ist unser Maskottchen."

„Sehr witzig", sagte Rollan trocken. „Sollen wir noch ein paar Spinnen sammeln? Oder Kakerlaken?"

„Menschen binden sich nicht an Insekten", sagte die Frau, die ihn offenbar vollkommen ernst nahm. „Allerdings ist es schon vorgekommen, dass jemand ein Spinnentier gerufen hat."

„Ich wette einen Kupferpfennig darauf, dass der Junge kein Tier herbeiruft", sagte der Gefangene, der Rollan nicht geheuer war. Der Mann kramte in seinen Jackentaschen. „Nein, zwei Pfennige." Er holte die Münzen heraus. „Jemand interessiert?"

Aber niemand wollte mit ihm wetten.

Unbehagliches Schweigen breitete sich aus, dann sagte Rollan: „Fangen wir an?" Für manche Kinder war die Zeremonie ein großes Fest. Teilnehmer und Angehörige machten sich fein, Zuschauer kamen, Reden wurden gehalten und Erfrischungen serviert. Rollans Publikum bestand nur aus einer Ratte und einen paar Wächtern und Mitgefangenen in einem schmutzigen Gefängnis. Deshalb wollte er alles möglichst schnell hinter sich bringen.

Die Frau zog ein einfaches Fläschchen hervor, öffnete es und hielt es ihm hin. „Ein Schluck reicht."

„Das war eine eindrucksvolle Rede", sagte Rollan und nahm das Fläschchen. „Aber deine Begabung kommt in diesem feuchten Keller überhaupt nicht zur Geltung. Du solltest lieber über der Erde arbeiten." Er nahm einen Schluck. In der Stadt gab es eine Gastwirtschaft, in der er manchmal gesüßten Zimttoast bekam, seine Lieblingsspeise. Der Nektar schmeckte ähnlich.

Rollan wischte sich den Mund ab und die Frau streckte die Hand nach dem Fläschchen aus. Da wurde ihm plötzlich schwindlig. Es war, als verbreiteten sich sprühende Funken in seinem Körper. Was war das? Seine Hand mit dem Fläschchen zitterte. Die Frau nahm es entgegen und Rollan fiel auf die Knie.

„Was passiert mit mir?", lallte er.

Ohrenbetäubender Donner ertönte und es wurde dunkel. Oder konnte er auf einmal nichts mehr sehen? Ein greller Lichtschein erlosch kurz nach seinem Erscheinen wieder.

Vor ihnen schwebte ein Falke, ein großer, starker Vogel mit braungoldenem Gefieder und weiß gefleckter Brust. Flügelschlagend landete er auf Rollans Schulter. Sobald Rollan die Krallen auf seiner Haut spürte, ließ das brennende Gefühl in seinem Innern nach. Die anderen starrten den Vogel entgeistert an.

Einen Augenblick lang waren Rollans Sinne aufs Äußerste geschärft. Er nahm jede kleinste Gesteinspore in Boden und Wänden wahr. Er sah die Spinne, die sich über ihm in einer Ecke an der Decke hinter wehenden Spinnweben versteckte. Und er spürte das erschrockene Staunen der Anwesenden. Dann war plötzlich alles wieder wie zuvor.

„Ein Falke!", rief die Frau im grünen Mantel verwundert. „Mit bernsteingelben Augen!"

„Ein Gerfalke", fügte Rollan hinzu.

„Woher weißt du das?", fragte der Wärter.

„Ich weiß es einfach."

„Natürlich ist das ein Gerfalke", murmelte die Frau. Sie starrte Rollan prüfend an, als wäre sie soeben aus einer Trance erwacht. „Wie kann das sein? Wer bist du?"

„Nur ein Waisenjunge", antwortete Rollan.

„Da steckt doch mehr dahinter", murmelte sie wie zu sich selbst.

„Und ein Verbrecher", fügte Rollan hinzu. „Sogar einer von der schlimmsten Sorte."

„Die wäre?", fragte die Frau.

„Einer, der sich erwischen lässt."

Die Frau sah den Wärter an. „Sperr ihn in seine Zelle. Ich komme wieder."

„Den Vogel auch?", fragte der Wärter.

„Natürlich. Er ist sein Seelentier."

„Scheint heute mein Glückstag zu sein", brummte der Gefangene mit dem finsteren Aussehen. „Wenn ich gewettet hätte, wäre jetzt mein Geld verloren."

Kurz darauf brachte der Wärter einen Mann zu Rollans Zelle, der aussah wie ein vornehmer Herr aus dem Ausland. Er trug hohe Stiefel, lederne Stulpenhandschuhe, ein reich verziertes Schwert und einen bestickten blauen Mantel, der nach Rollans Einschätzung mehr wert war als ein ganzes Pferdegespann. Sein Kinn schmückte ein ordentlich gestutzter Bart. Interessiert musterte er Rollan.

„Möchtest du aus dem Gefängnis raus?", fragte er.

„Vielleicht würde ich dann die kratzige Matte und die schwarze Schmiere an den Gitterstäben vermissen", sagte Rollan. „Manchmal weiß man etwas erst dann zu schätzen, wenn man es nicht mehr hat."

Das Lächeln des Mannes wirkte ein wenig verächtlich.

„Warum trägst du keinen grünen Mantel?", fragte Rollan.

„Ich heiße Duke Zerif", sagte der Mann. „Ich arbeite mit

den Grünmänteln zusammen, gehöre aber nicht zu ihnen. Ich helfe in Fällen wie deinem in ihrem Auftrag aus."

„Fällen wie meinem?"

Zerif warf dem Wärter einen Blick zu. „Wir unterhalten uns besser unter vier Augen. Ich habe eine Kaution für dich hinterlegt."

„Von mir aus gern", sagte Rollan.

Der Wärter schloss die Zellentür auf. Rollan trat mit dem Vogel auf der Schulter heraus und folgte Zerif stumm und ohne die anderen Gefangenen eines Blickes zu würdigen nach draußen. Was wollte dieser Mann von ihm?

Auf der Straße wandte sich Zerif wieder an ihn. „Das ist ein prächtiger Vogel."

„Danke", murmelte Rollan. „Und jetzt?"

„Heute fängt für dich ein neues Leben an", sagte Zerif. „Wir müssen vieles besprechen."

„Kaution heißt nicht Straferlass. Was wird aus der Anklage des Apothekers?"

„Er zieht sie zurück, dafür sorge ich."

Rollan nickte. „Und wo ist die Frau, die mir den Nektar gegeben hat?"

Zerif grinste frech. „Deine Angelegenheit ist für sie eine Nummer zu groß, sie ist nicht mehr für dich zuständig. Komm!"

Bei diesen Worten drückte der Falke Rollan seine Krallen kurz und schmerzhaft in die Schulter. Rollan erschrak und fühlte sich unbehaglich. „Ihr ist doch nichts zugestoßen?"

Mischte sich eine Spur von Bewunderung für Rollans Scharfsinn in Zerifs breites Lächeln? „Aber nein, sie ist wohlauf."

Rollan spürte, dass er log. Aber sein Misstrauen schien Zerif nichts auszumachen. Auf einmal war Rollan davon überzeugt, dass Zerif der Frau etwas angetan hatte. Wer war dieser Mann?

Sie eilten die Straße entlang. „Wohin gehen wir?", fragte Rollan.

„An einen Ort, an dem wir uns ungestört unterhalten können. Und dann noch viel weiter weg, wenn du willst. Möchtest du nicht mal die Welt sehen? Dein Seelentier kann diesen Wunsch wahr machen."

Der Falke kreischte so laut, dass es Rollan in den Ohren wehtat. Zerifs Blick wanderte zwischen dem Vogel und Rollan hin und her und sein Lächeln gefror.

„Er mag dich nicht", sagte Rollan.

„Er probiert nur seine Stimme aus", widersprach Zerif. „Ich führe nichts Böses im Schilde." Rollan hätte zwei Kupferpfennige darauf verwettet, dass er log. Zerif hatte ganz ruhig geklungen, aber er spielte ihm ganz offensichtlich etwas vor. Und er trug ein großes Schwert.

„Was macht die Frau dort drüben?" Rollan deutete auf die andere Straßenseite.

Kaum hatte Zerif sich in die angegebene Richtung gewandt, bog Rollan in eine Gasse ein und rannte los. Auf halbem Weg riskierte er einen Blick zurück. Zerif verfolgte ihn mit wehendem Mantel. Er hatte einen Ärmel hochgeschoben. Das Zeichen auf seinem Unterarm leuchtete auf, und ein hundeähnliches Tier landete vor ihm auf dem Boden und nahm sofort seine Verfolgung auf. War das ein Kojote?

Rollan hatte gehofft, der feine Herr würde es als unter seiner Würde erachten, hinter ihm herzulaufen. Er hatte sich getäuscht. Der Kojote bewies unzweideutig, dass Zerif zu den Gezeichneten gehörte. Vielleicht war er doch ein Grünmantel. Aber Rollan traute ihm nicht und seinem Vogel ging es offenbar ebenso. Er musste diesen Mann rasch loswerden.

Rollan hatte einige Erfahrung mit der Flucht durch enge Gassen. Er rannte, so schnell er konnte, und streckte dabei immer wieder die Hände aus, um seinen Verfolgern Kisten und Mülltonnen in den Weg zu stoßen. Trotzdem hörte er sie näher kommen. Bei dem Gedanken an die Zähne des Kojoten und an Zerifs Schwert rannte er noch schneller.

Er bog um eine Ecke und verschwand in einer weiteren Gasse. Mehrmals kam er an einer Tür vorbei, versuchte aber nie, sie zu öffnen, aus Angst, sie könnte abgesperrt sein oder er könnte bei den Bewohnern des Hauses nicht willkommen sein. Er hatte schon oft am eigenen Leib erfahren müssen, dass eine Waise auf der Flucht nur wenige Freunde hatte. Vergeblich spähte er nach einer Möglichkeit, auf die Dächer zu klettern. Der Mann und der Kojote holten weiter auf.

Da entdeckte Rollan links zwischen zwei Häusern einen Zaun. Er sprang daran hoch, packte die gesplitterten Enden der Bretter und schwang ein Bein hinüber. Knurrend schnappte der Kojote nach seinem herunterhängenden Bein. Der Biss ging durch die Hose, scharfe Zähne ritzten Rollans Haut. Um ein Haar hätte das Tier ihn vom Zaun heruntergerissen.

„Komm sofort runter!", befahl Zerif und rannte mit gezogenem Schwert auf ihn zu.

Rollan warf sich mit Schwung über den Zaun. Er fiel in einen unkrautüberwucherten Garten, in dessen Ecke eine Hütte stand. Ein zerlumpter Mann starrte ihn misstrauisch aus dem Schatten seiner Behausung an. Rollan sprang sofort auf und rannte weiter. Als er sich dem Zaun auf der anderen Seite näherte, drehte er sich noch einmal um. Der Kojote folgte ihm durch den Garten, aber Zerif war nirgends zu sehen. Hatte er seinem Seelentier über den Zaun geholfen? Im Weiterlaufen suchte Rollan vergeblich den Boden nach einem Gegenstand ab, der sich als Waffe eignete. Der Kojote holte auf. Rollan wusste, dass sein Vorsprung zu gering war.

Am Zaun angekommen, sprang er hoch und packte das obere Ende, als wollte er darüberklettern. Doch dann drehte er sich unerwartet um und trat mit dem Fuß nach dem hochspringenden Kojoten. Er traf ihn mitten auf die Schnauze und das Tier fiel jaulend zu Boden. Bevor sich sein Verfolger erholen konnte, war Rollan auch schon über den Zaun geklettert.

Die Gasse auf der anderen Seite war breiter. Während er noch überlegte, in welche Richtung er laufen sollte, kam Zerif mit übermenschlicher Geschwindigkeit um die Ecke. Rollan konnte nicht einmal halb so schnell rennen wie er. Zerif hatte offenbar in der Zeit, die Rollan für die Durchquerung des Gartens gebraucht hatte, den ganzen Häuserblock umrundet. Rollan hatte von den wundersamen Kräften gehört, die die Gezeichneten durch ihre Tiere erhielten. Wie konnte er einem solchen Menschen entkommen? Er wandte sich um und rannte in die entgegengesetzte Richtung. Dann bog er um die Ecke und lief geradewegs auf einen hochgewachsenen Mann in einem waldgrünen Mantel zu, der auf einem Elch saß. Rollan hatte keine Zeit, sich über den seltsamen Anblick zu wundern, denn der Elch kam auf ihn zugaloppiert. Mit seinem mächtigen Geweih füllte er fast die ganze Gasse aus. Der grauhaarige Mann auf seinem Rücken hatte ein fleischiges, von einem struppigen Bart umrahmtes Gesicht. In der Hand schwang er einen Streitkolben. Unter seinem Mantel klirrte ein Kettenhemd.

„Aus dem Weg, Junge!", brüllte der Grünmantel.

Rollan sprang zur Seite und drückte sich flach gegen eine Mauer, bis der Elch an ihm vorbeigaloppiert war. Über Rollan ertönte ein Kreischen und Krallen scharrten über Metall. Sein Vogel war auf dem Dach gelandet.

Zerif und sein Kojote bogen um die Ecke. Beim Anblick des heranpreschenden Elchs blieben sie schlitternd stehen. Der Grünmantel stieß einen Schlachtruf aus und hob seinen

Kolben. Zerif drückte mit der Schulter eine Tür auf, wahrscheinlich den Hintereingang eines Ladens, und verschwand. Der Grünmantel schien zunächst die Verfolgung aufnehmen zu wollen, doch dann kehrte er zu Rollan zurück.

„Was für einen Namen hat er dir genannt?", fragte er ungeduldig.

„Der Kerl? Zerif."

„Das zumindest stimmt. Kennst du ihn?"

„Ich habe ihn eben erst kennengelernt. Er hat mich gegen Kaution aus dem Gefängnis geholt."

Der Mann stieg ab. „Was hat er sonst noch gesagt?"

„Nicht viel. Er wollte mich von hier wegbringen."

„Das war zu erwarten", sagte der Mann. „Bei uns heißt er nach seinem Seelentier nur der ‚Schakal'. Das ist ein verschlagenes, in Nilo heimisches Geschöpf. Zerif arbeitet für unseren Erzfeind, den Großen Schlinger."

„Den Großen Schlinger?" Fast hätte Rollan sich verschluckt, so abwegig klang das. „Im Ernst? Wer bist du?"

„Ich heiße Olvan."

Rollans Blick wanderte zu dem großen Elch und wieder zurück. Nein, ausgeschlossen, das war unmöglich. „*Der* Olvan?" Er flüsterte vor Schreck.

„Wenn du damit den weltweiten Anführer der Grünmäntel meinst, ja, der bin ich."

Der Gerfalke landete kreischend auf Rollans Schulter. Rollan hob die Hand und strich ihm über das Gefieder. Er schwieg lange, dann sagte er: „Jetzt wollen auf einmal alle meine Freunde sein. Ihr seid beide so plötzlich aufgetaucht. Hängt das mit meinem Falken zusammen?"

„Sie ist nicht *dein* Falke, mein Sohn, sondern *der* Falke." Olvan wartete, bis seine Worte ihre Wirkung getan hatten. „Du hast Essix zurückgerufen."

Ausbildung

Abeke saß auf dem Rand ihres weich gepolsterten Betts. In ihrem Zimmer standen ein mit aufwändigen Schnitzereien verzierter Schreibtisch, ein elegantes Sofa und mehrere Sessel. Der Rahmen des Wandspiegels war aus echtem Gold – all diese Kostbarkeiten waren nur für sie bestimmt! Die Menschen behandelten Abeke mit großem Respekt, ein Diener servierte schmackhafte Mahlzeiten. Ihr Leopard hatte sie zu einer Königlichen Hoheit gemacht.

Der Boden schwankte immer wieder leicht. Unglaublich, welcher Luxus auf einem Schiff möglich war! Abeke traute ihren Augen nicht.

Dennoch fühlte sie sich hier nicht recht wohl. Es war alles so anders als zu Hause und nirgends sah sie ein bekanntes Gesicht. Zerif hatte sie nicht begleitet. Am Hafen hatte er erklärt, dringende Geschäfte riefen ihn fort, und sie der Obhut eines Fremden übergeben, eines Jungen namens Shane.

Erst vor einer knappen Woche hatte Zerif ihren Vater davon überzeugen können, dass Abeke Okaihee verlassen müsse, nicht nur um ihrer persönlichen Sicherheit willen, sondern zum Wohl des ganzen Dorfes. Pojalo hatte rasch zugestimmt. Abeke wünschte sich, ihr Vater hätte sich die Entscheidung nicht so leicht gemacht. Soama hätte er niemals so schnell ziehen lassen. Mit der Zustimmung ihres Vaters hatte Zerif Abeke und Uraza noch am selben Abend heimlich aus dem Dorf gebracht.

Abeke bereute, dass sie vor ihrer Abreise nicht mehr mit Chinwe gesprochen hatte. Sie hatte Abeke zur neuen Regentänzerin erklärt. Das Dorf brauchte auch wirklich eine. Indem sie Zerifs Rat so überstürzt gefolgt war, hatte sie sich selbst über die Bedürfnisse der restlichen Dorfbewohner gestellt. Würde die Dürre anhalten, weil Abeke fortgegangen war? Sie machte sich Vorwürfe, weil sie sich vor ihrer Verantwortung gedrückt und damit auch die Chance verpasst hatte, endlich dazuzugehören.

Abeke vermisste ihren Vater und ihre Schwester. Zu Hause hatten sie alle in einem Raum gewohnt. Sie hatten vieles geteilt und immer gemeinsam gegessen. Das vertraute Schnarchen ihres Vaters hatte sie jeden Abend in den Schlaf begleitet. Auf dem Schiff jedoch lag sie abends lange wach. Anfangs hatten all die neuen Eindrücke jeden Anfall von Heimweh verhindert: Sie war mit einer Kutsche gefahren, hatte zum ersten Mal eine große Stadt gesehen und ein endloses Meer, dessen Wasser so salzig schmeckte, dass man es nicht trinken konnte. Man hatte sie auf ein Schiff gebracht, das so groß war, dass es leicht alle Bewohner ihres Dorfes hätte aufnehmen können. Doch nach dem Auslaufen war Abeke von Unruhe ergriffen worden. Sie hatte auf einmal Zeit zum Nachdenken. Wie gerne wäre sie jetzt durch die Savanne gestreift oder hätte vertraute Gesichter um sich gehabt.

Wenigstens hatte sie Uraza. Sie kraulte die Leopardin am Hals und diese schnurrte so laut, dass Abeke das Zittern der Luft an ihrer Hand spürte. Uraza war nicht besonders anschmiegsam, ließ es aber immer geschehen, wenn Abeke sie streichelte.

An der Tür klopfte es. Das musste Shane sein. Er war neben all den Annehmlichkeiten der zweite Lichtblick auf dieser Reise. Er half Abeke, die Verständigung mit Uraza zu verbessern.

„Herein!", sagte Abeke.

Shane öffnete die Tür. Er war zwölf, nur ein Jahr älter als sie, blass, aber gut aussehend, stämmig und von einer ruhigen Selbstsicherheit, die sie bewunderte. Auch er hatte ein Seelentier – einen Vielfraß.

„Bereit für das Training im Frachtraum?", fragte er.

„Ich dachte schon, du kommst gar nicht mehr", sagte Abeke. „Ich bin es nicht gewöhnt, auf so engem Raum eingesperrt zu sein."

Shane betrachtete sie nachdenklich von der Tür aus. „Auch ich musste meine Eltern verlassen. Mein Onkel war zwar bei meiner Ausbildung dabei, aber jetzt bin ich ganz allein."

„Meine Mutter ist vor vier Jahren gestorben", sagte Abeke. „Sie war die Einzige, die mich verstanden hat. Aber ich vermisse trotzdem meinen Vater und meine Schwester. Ich weiß, dass ich ihnen genauso wichtig bin wie sie mir."

Shane blickte sie mitfühlend an. „Den Menschen hier bist du auch wichtig, Abeke. Wir glauben, dass sehr viel in dir steckt. Wer ein schweres Schicksal hatte, sucht sich hier eine neue Familie. Und vergiss nicht, dass du jetzt ein Seelentier zum Gefährten hast. Du wirst noch mehr finden, was dich tröstet. Komm!"

Uraza folgte ihnen nach draußen. Die Matrosen und Soldaten an Deck warfen der Leopardin verstohlene Blicke zu. Uraza bewegte sich mit der angeborenen Geschmeidigkeit eines Raubtieres. Selbst die Mutigsten waren auf Abstand bedacht. Shane hatte den Frachtraum des Schiffes als Übungsraum hergerichtet. Kisten, Ballen und Fässer waren zur Seite geschoben worden, sodass in der Mitte ein lang gestreckter freier Platz entstand. Dort waren sie ungestört.

„Hast du auch genug mit Uraza gesprochen?", fragte Shane. „Ihr deine Zuneigung gezeigt?"

Abeke nickte.

„Seelentiere sind ungewöhnlich intelligent", erinnerte Shane sie. „Deins noch mehr als die meisten anderen. Uraza kann zwar nicht reden, aber sie versteht dich trotzdem."

„Die Großen Tiere konnten aber sprechen", sagte Abeke und trat durch eine Tür in den Frachtraum. „Zumindest in den Märchen."

„Als Großes Tier überragte Uraza einst ein ausgewachsenes Pferd", erwiderte Shane.

„Heißt das, Uraza ist noch ein Kätzchen?", fragte Abeke ungläubig.

„Seelentiere sind meist schon ausgewachsen, wenn sie sich zum ersten Mal zeigen", sagte Shane. „Ob Uraza wieder so mächtig wird, wie sie einmal war, ist schwer einzuschätzen. Wir müssen abwarten."

Abeke wandte sich an Uraza. Die Leopardin erwiderte ihren Blick mit leuchtend violetten Augen.

„Kannst du spüren, wie es ihr geht?", fragte Shane.

„Abeke sah Uraza unverwandt an. „Sie wirkt sehr neugierig."

„Klingt plausibel", meinte Shane. „Je mehr du mit ihr übst, desto besser lernst du ihre Gefühle zu lesen. Das musst du können, wenn sie dir später einmal im Notfall mit ihrer Kraft beistehen soll."

„Und wie bringe ich sie in den Ruhezustand?" Abeke war immer beeindruckt gewesen, dass Chinwe ihr Gnu in ein Tattoo auf ihrem Bein verwandeln konnte.

„Das hängt mehr von Uraza ab als von dir", sagte Shane. „Du musst ihr Vertrauen gewinnen. Sie begibt sich von selbst in den Ruhezustand, kann ihn aber nur wieder verlassen, wenn du sie freigibst."

„Und du lässt deinen Vielfraß ruhen?", fragte Abeke. Auf ihr Bitten hin hatte Shane ihr einmal verschämt das kaum sichtbare Zeichen auf seiner Brust gezeigt.

„Die meiste Zeit ja. Renneg ist ein großer Kämpfer, verträgt sich beim Spielen aber nicht gut mit anderen. Wenn Uraza einmal so weit ist, kannst du frei entscheiden, wo du das Zeichen tragen willst. Viele wählen aus praktischen Gründen Arm oder Handrücken."

Abeke hatte den Vielfraß erst einmal gesehen, damals beim Einsteigen ins Schiff. Er hatte einen gedrungenen Körper und wirkte bissig.

Shane hob einen kurzen Stock. „Gestern haben wir genug Bogenschießen geübt. Du warst gut, aber ich hatte nicht den Eindruck, dass Uraza dir geholfen hätte. Deshalb probieren wir heute etwas Anstrengenderes. Das lockt sie vielleicht aus der Reserve. Nehmen wir also an, dieser Stock hier wäre ein Messer. Du tust jetzt so, als wolltest du mich damit erstechen."

Er gab Abeke den Stock und Abeke kniete sich vor Uraza. Die Leopardin lag mit erhobenem Kopf auf dem Boden und ihr langer Schwanz schwang träge hin und her. Abeke betrachtete das regelmäßig gepunktete Fell, das Schwarz um die lebendigen Augen und die Muskeln des geschmeidigen Körpers. Wie konnte ein so starkes, wildes Tier ihre Gefährtin sein? Uraza erwiderte unverwandt ihren Blick.

Abeke berührte sacht ihre Pfote. „Wir sind jetzt ein Team. Ob es dir gefällt oder nicht, wir sind beide weit von zu Hause weg, aber wenigstens haben wir einander. Ich spüre, dass du dieses Schiff nicht magst. Ich mag es auch nicht. Aber wir fahren damit nur an einen Ort, an dem wir wieder draußen sein können. Ich habe dich gern – du bist ruhig und zurückhaltend und wir haben beide dieselbe Heimat. Ich will lernen, gemeinsam mit dir zu arbeiten."

Uraza schnurrte und Abeke spürte ein Kribbeln. Hatte sie wirklich eine Verbindung hergestellt oder bildete sie sich das nur ein? Es war schwer zu beurteilen.

Sie sah Shane an.

„Fang einfach an, wenn du bereit bist", sagte er.

Abeke stand auf und hielt den Stock vor sich hin. Zu Hause hatte sie manchmal mit dem Speer geübt, oft mit Pfeil und Bogen. Mit dem Messer kannte sie sich weniger gut aus.

Shane wollte, dass sie frontal angriff. Vielleicht konnte sie dadurch Urazas Raubtierinstinkt wecken und sie dazu bringen, ihr die Leopardenkräfte zu leihen.

Sie näherte sich Shane und stach dann ganz rasch zu. Er wich zur Seite aus und schlug nach ihrer Hand. Drei weitere Versuche brachten kein besseres Ergebnis. Uraza half ihr nicht. „Es hat keinen Sinn", stöhnte sie und ließ den Stock sinken.

„Du musst ..."

Ihre Hand schnellte vor und sie stach mit aller Kraft zu, in der Hoffnung, ihn dadurch zu überrumpeln. Doch Shane wich ihr wieder aus und packte sie am Handgelenk. Sie rangen kurz miteinander und Abeke bat Uraza stumm um Hilfe. Shane wand ihr das Messer aus den Fingern und hielt es ihr an den Bauch.

„Guter Versuch", sagte er. „Beinahe hättest du mich drangekriegt."

„In einer echten Kampfsituation würde ich dich nie von vorne angreifen", sagte Abeke. „Ich würde mich von hinten anschleichen."

Shane nickte. „Das wäre geschickter und würde auch besser zu der Art passen, wie ein Leopard jagt. Ich mache dir einen Vorschlag – ich gehe zum hinteren Ende des Frachtraums und kehre dir den Rücken zu. Erst wenn ich etwas Verdächtiges höre, drehe ich mich um. Abgemacht?"

Abeke nickte. Vielleicht hatte sie dann mehr Erfolg.

Shane gab ihr den Stock und ging zum anderen Ende des Raums. Geduckt und mit dem Messerersatz in der erhobenen Hand näherte Abeke sich ihm Schritt für Schritt.

„Bist du schon unterwegs?", fragte Shane, ohne sich umzudrehen. „Wenn ja, bist du ganz schön leise. Wenn nicht, beeil dich – wir haben nicht den ganzen Tag Zeit."

Abeke musste ein Lächeln unterdrücken. Sie war stolz auf ihre Geschicklichkeit. Sie warf einen Blick über die Schulter. Der Leopard hatte sich ein wenig aufgerichtet und beobachtete sie aufmerksam.

Plötzlich ging die Tür neben Shane auf und eine Gestalt stürzte auf ihn zu. Der Angreifer war ganz in Schwarz gekleidet, hatte das Gesicht vermummt und hielt ein Krummschwert in der Hand. Shane wich einem Schwerthieb aus und kämpfte gegen ihn.

„Lauf, Abeke!", rief er. „Das ist ein Mörder. Hol schnell den Kapitän!"

Der Attentäter war größer als Shane. Die beiden rangen miteinander um das Schwert.

Abeke hatte sich instinktiv ganz tief geduckt, wie sie es noch nie getan hatte. Eine ihr unbekannte Kraft durchströmte sie, jede Faser ihrer Muskeln war aufs Äußerste gespannt. Ihre Sinne waren so wach wie noch nie. Sie hörte das leise Knarren der Planken, als das Schiff sich ganz sanft nach rechts neigte. Und sie nahm den Geruch des Angreifers wahr, den Geruch eines erwachsenen Mannes, der sich vom Geruch Shanes deutlich unterschied. Sie sah auch schärfer als sonst und hatte überhaupt keine Angst. Nicht im Traum dachte sie daran, Shanes Befehl zu folgen und zu fliehen. Zuversicht erfüllte sie. Sie sprang.

Obwohl sie noch einige Schritte von Shane entfernt war, überbrückte sie die Distanz mit einem einzigen Satz. Im Sprung trat sie dem Angreifer mit dem Bein gegen den Arm. Er ging zu Boden, sein Schwert flog durch die Luft und landete klappernd auf den Planken. Sofort sprang er auf und konterte mit einem gefährlichen Aufwärtshaken, dem Abeke instinktiv auswich. Der Mann trat einen Schritt zurück und hob abwehrend die Hand. Die andere baumelte nutzlos an seiner Seite. Abeke sprang auf ihn zu und trat ihn in die Rippen, ohne dass er ihr ausweichen konnte. Die

Wucht des Tritts schleuderte ihn nach hinten gegen die Wand. Mit dem Gesicht nach unten blieb er auf dem Boden liegen.

Alles in Abeke verlangte danach, ihr Opfer vollends zu erledigen, aber bevor sie sich erneut auf den Mann stürzen konnte, hielt eine Hand sie an der Schulter fest. „Nein, Abeke! Das reicht! Das war nur eine Übung. Der Angriff war nur gespielt."

Abeke blickte Shane empört an. Die geschärfte Wahrnehmung verschwand. „Gespielt?"

Zum allersten Mal hörte Abeke von Uraza ein wütendes Knurren.

„Ich wollte nur sehen, wie du auf Druck reagierst", erklärte Shane. „Und es hat funktioniert. Unglaublich! Viele Gezeichnete üben ihr ganzes Leben lang und schaffen so etwas trotzdem nicht."

Abeke zitterte noch immer vor aufgestauter Energie und versuchte sich zu beruhigen. Sie hörte Shanes Lob zwar, war aber so fassungslos, dass sie sich nicht darüber freuen konnte. „Wir wollten dir helfen und du hast uns hereingelegt", sagte sie. „Das war Betrug."

„Äh, tut mir leid." Shanes Lächeln erlosch und seine anfängliche Begeisterung schlug in Verlegenheit um. „Ich wollte dir wirklich nur helfen. Das war eine Übung. Ich hätte nie geglaubt, dass du mir so was übel nimmst."

„Tu das nie wieder!", sagte Abeke mit mühsamer Beherrschung. „Sonst helfen wir dir beim nächsten Mal nicht mehr."

„Einverstanden." Shane fuhr sich mit den Händen durchs Haar. „Du hast Recht, es war nicht fair dir und Uraza gegenüber. Kommt nicht wieder vor. Versprochen."

Abeke nickte in Richtung des am Boden liegenden Angreifers. „Wie geht es ihm?"

Shane kniete sich neben ihn und tastete an seinem Hals nach dem Puls. „Er ist bewusstlos." Er schüttelte den Kopf. „Wirklich, ich hätte nicht gedacht, dass du einen voll ausgebildeten, erwachsenen Gegner ausschalten kannst. Ich kümmere mich um ihn. Du kennst den Weg zu deiner Kajüte."

Abeke wandte sich zum Gehen. Uraza war lautlos hinter ihr näher gekommen und sah sie an. Spätestens jetzt war klar: Sie verstanden einander wortlos. Abeke streckte den Arm aus und Uraza sprang. Ein Blitz zuckte auf und Abeke spürte einen sengenden Schmerz, dann war der Leopard zu einem schwarzen Mal unmittelbar unterhalb ihres Ellbogens geworden.

Die Westburg

Rollan hatte den Kopf in den Nacken gelegt und blickte zu seinem Falken hinauf. Mit der Hand schirmte er die Augen vor der Sonne ab. Essix flog in weiten Kreisen über den Himmel und stieg höher auf als bis zur höchsten Turmspitze der Grünmantelfestung.

Das Gras reichte Rollan bis zu den Knien. Die Westburg hatte Übungssäle und geräumige Innenhöfe, aber er verbrachte seine Zeit lieber außerhalb der Mauern. In der Festung starrten ihn zu viele Menschen an, die einen misstrauisch, die anderen erwartungsvoll. Beides verunsicherte ihn.

Außerdem war es draußen schöner. Auch Concorba war in einiger Entfernung von Wildnis umgeben, aber Rollan hatte sie selten zu Gesicht bekommen. In der Stadt selbst gab es zwar verschiedene Parks, ein paar mit Unkraut überwucherte Grundstücke und die schlammigen Ufer des Sipimiss, doch lebte die Stadt hauptsächlich vom Handel und von ihrem Hafen. Rollan hatte jenseits der Stadtgrenzen gelegentlich Felder gesehen, aber nie eine Landschaft wie hier – mit Bergen, Wäldern und Wiesen.

Hohe Steinmauern umschlossen eine beindruckende Ansammlung von Gebäuden, doch war die Burg nicht der Hauptsitz der Grünmäntel in Amaya, sondern nur ihr westlichster Vorposten im Norden des Kontinents. Noch weiter westlich gelangte man auf unwegsames Gelände, in dem nur noch wilde Tiere und amayanische Stämme lebten.

Rollan pfiff. „Hierher, Essix!"

Der Vogel kreiste weiterhin hoch über ihm.

„Essix, komm!"

Der Falke setzte mit ausgebreiteten Flügeln zu einem weiteren Bogen an.

„Komm endlich runter! Ist es denn so schwer, einen einfachen Befehl auszuführen? Das schafft sogar der dümmste Junge, den ich kenne."

Doch das war ein Fehler. Essix schien sich jetzt absichtlich noch weiter zu entfernen. Rollan beruhigte sich mit einem tiefen Atemzug. Er hatte bereits gelernt, dass Essix den ganzen Tag nicht herunterkam, wenn er wütend wurde. „Bitte, Essix", rief er freundlicher. „Olvan hat doch gesagt, dass wir zusammenarbeiten sollen."

Der Falke legte die Flügel an. Rollan hob die geschützte Hand. Den großen braunen Handschuh hatte ihm Olvan geschenkt. Essix raste wie ein Pfeil auf ihn zu, breitete im letzten Moment die Flügel aus und landete schließlich auf seinem Unterarm.

„So ist es brav", sagte Rollan und strich ihr über die Federn. „Willst du vielleicht den Ruhezustand ausprobieren und ein Zeichen auf meinem Arm werden?"

Man brauchte nicht die Vogelsprache zu sprechen, um zu verstehen, dass Essix' durchdringender Schrei ein entschiedenes Nein bedeutete. Rollan biss die Zähne zusammen, streichelte sie aber weiter. „Komm schon …. Du willst uns doch auch nicht blamieren, wenn die anderen kommen. Zeigen wir ihnen doch, was wir können."

Essix legte den Kopf schräg und starrte ihn mit einem bernsteingelben Auge an. Sie hatte sich aufgeplustert, gab aber keinen Laut von sich.

„He, damit mache doch nicht nur ich einen schlechten Eindruck, sondern auch du", fuhr Rollan fort.

Hinter ihm ertönte ein Horn. Ein anderes Horn antwortete. Die Grünmäntel der Westburg gaben ihr Kommen und Gehen mit Hornsignalen bekannt.

„Das bedeutet vermutlich, dass sie da sind", sagte Rollan.

Essix hüpfte auf seine Schulter.

Am Vortag hatte Olvan Rollan mitgeteilt, dass zwei der anderen drei Gefallenen Tiere sich mit ihren Bindungspartnern auf dem Weg zur Burg befanden. Nach ihrer Ankunft sollte Rollan mehr über seine Aufgabe erfahren. Rollan fragte sich, ob die anderen Kinder das Grünmantel-Gelübde schon abgelegt hatten. Laut Olvan verpflichtete man sich durch das Gelübde lebenslang dazu, Erdas zu verteidigen und treu zu den anderen Grünmänteln zu stehen. Nach dem Gelübde würden die anderen Mitglieder des Bundes Rollan helfen, eine enge Beziehung zu seinem Seelentier aufzubauen. Dann würde Rollan ein Ziel im Leben haben und es würde ihm nie an Essen, Unterkunft und Gesellschaft mangeln.

Aber Rollan wusste nicht, ob er das alles glauben sollte. Die Rückkehr der Vier Gefallenen war angeblich eine Sensation, aber Olvan wollte noch immer nicht verraten, was die Aufgabe der Erwählten und ihrer Tiere war. Wie lange wollte Olvan ihn noch hinhalten?

Essix hatte Rollan aus einem Leben in Armut befreit, und es widerstrebte Rollan, sich gleich wieder in eine Abhängigkeit – diesmal von den Grünmänteln – zu begeben. Er ließ sich nicht gern Befehle erteilen, weil er glaubte, dass Menschen mit Macht diese nur allzu gerne missbrauchten. Vielleicht standen ihm mit Essix noch ganz andere Möglichkeiten offen. Natürlich boten ihm die Grünmäntel eine gewisse Sicherheit vor Zerif, der noch immer hinter ihm her war. Aber er hatte noch gar keine Zeit gehabt, nach Alternativen zu einer Mitgliedschaft bei den Grünmänteln zu suchen. Deshalb hatte er sich von Olvan Bedenkzeit erbeten. Das war vor drei Tagen gewesen.

Rollan stapfte durch das hohe Gras zum Tor der Westburg, als plötzlich ein grimmig aussehender Grünmantel auf einem mächtigen Pferd in sein Blickfeld ritt. Auf der einen Seite lief ein Mädchen, auf der anderen ein Junge neben ihm her. Das Mädchen wurde von einem Panda begleitet, der Junge von einem großen Wolf. Als sie sich näherten, beschleunigte Rollan seine Schritte. Der Panda und der Wolf konnten niemand anderes sein als die Gefallenen Jhi und Briggan.

Der Grünmantel stieg ab und Rollan betrachtete ihn prüfend. Er gehörte zu jenen Leuten, um die Rollan auf den Straßen von Concorba einen großen Bogen gemacht hätte.

Der Junge hatte blonde Haare und trug einen grünen Mantel. Demnach hatte er das Gelübde bereits abgelegt. Er war normal groß für sein Alter, wirkte aber noch sehr jung und hatte ein freundliches, offenes Gesicht – ein Gesicht, das noch voller Neugier auf das Leben war. Das Mädchen war dagegen eine auffallende Erscheinung. Seine Augen glänzten und es lächelte scheu. Rollan blieb wie angewurzelt stehen. In den Augen des Mädchens las er Genugtuung über seine bewundernden Blicke. Das scheue Lächeln aber wirkte einstudiert. Den Kleidern und dem Aussehen nach zu urteilen, kam es aus Zhong, wofür auch das Seelentier sprach. Rollan hatte noch nie einen Panda oder einen Wolf gesehen. Er kannte diese Tiere nur durch die Witwe Renata, die regelmäßig das Waisenhaus besucht und den Kindern aus bebilderten Schriften über die Großen Tiere vorgelesen hatte.

„Ich bin Tarik", sagte der Grünmantel. „Du bist vermutlich Rollan?"

„Woher kennst du meinen Namen?", fragte Rollan verblüfft. „Ach so, du hast den Falken gesehen."

„Meilin, Conor, darf ich euch Rollan vorstellen?", sagte Tarik. „Er ist hier in Amaya geboren und aufgewachsen und hat Essix gerufen, so wie ihr Jhi und Briggan gerufen habt."

Der Wolf trottete vor und der Falke flog auf den Boden und stellte sich vor ihn. Auch der Panda gesellte sich zu den beiden. Essix krächzte leise. Die drei Tiere betrachteten einander aufmerksam.

„Ob sie sich aneinander erinnern?", fragte Meilin. Sie hatte eine angenehm klingende Stimme, die zu ihrer Erscheinung passte.

„Schwer zu sagen", antwortete Tarik, „wie viel sie aus ihrem früheren Leben noch wissen. Vielleicht handelt es sich in diesem Stadium eher um Instinkt."

„Und wo ist das vierte Gefallene Tier?", fragte Rollan. „Uraza?"

Tarik verzog das Gesicht. „Jemand ist uns zuvorgekommen. Er hat jetzt Uraza und das Mädchen, das zu ihr gehört, in seiner Gewalt. Durch Zerif wäre es dir beinahe genauso gegangen. Das Mädchen heißt Abeke. Wir wissen nicht, wo sie sich gegenwärtig aufhält, werden aber nicht ruhen, bis wir es herausgefunden haben. Lenori glaubt, dass sie und Uraza noch leben. Es wird sehr schwer sein, die beiden aufzuspüren."

„Hast du uns über Lenori gefunden?", fragte Conor.

Tarik nickte. „Lenori ist von allen Grünmänteln die größte Hellseherin. Durch sie allein wussten wir, dass die Vier Gefallenen zurückgekehrt sind."

„Allwissend scheint sie aber nicht zu sein", wandte Rollan ein. „Sonst wäre euch bei dem Mädchen aus Nilo nicht jemand zuvorgekommen."

„Solange Uraza fehlt, müssen eben wir drei die Vier Gefallenen vertreten", sagte Meilin. „Aber sollten wir jetzt nicht endlich mal erfahren, worum es hier geht?"

„Olvan wird euch alles erklären", sagte Tarik. „Eines wisst ihr ja schon: Ihr sollt den Grünmänteln beitreten und uns helfen, Erdas zu retten."

„Vor dem Großen Schlinger?", fragte Rollan. Man hörte ihm an, dass er nicht so recht daran glauben konnte.

Die Frage schien Tarik einen Moment lang zu verunsichern. „Wer hat den Schlinger erwähnt?"

„Dieser Kerl, dem ich begegnet bin", sagte Rollan. „Er ritt auf einem Elch."

„Wir wissen immer noch nicht genau, mit wem wir es zu tun haben. Wenn es nicht der Große Schlinger ist, dann sicher ein Wesen, das vergleichbar mächtig ist. Jetzt solltet ihr aber erst mal die Gelegenheit nutzen, euch besser kennenzulernen. Ihr werdet in den nächsten Tagen viel Zeit miteinander verbringen. Ich reite schon mal voraus und gebe eure Ankunft bekannt."

„Macht euch darauf gefasst, dass alle euch anstarren", warnte Rollan die anderen, nachdem Tarik sich entfernt hatte. „Das ist bei mir ständig so, seit ich hier bin. Am Anfang hab ich gedacht, ich hab was im Gesicht."

„Wenn man irgendwo neu ist, wird man doch immer angestarrt", sagte Meilin. „Vor allem, wenn man eine wichtige Person ist."

„Wahrscheinlich machen uns die Tiere zu etwas Besonderem", vermutete Conor. Das Gespräch verstummte. Conor blickte unbehaglich zu Boden.

Rollan musterte seine neuen Freunde. Von Briggan war er am stärksten beeindruckt. Er kannte einige Leute, die er liebend gern mit einem solchen Wolf erschreckt hätte. Der Panda saß friedlich da und durchsuchte das Gras mit den Pranken. Conor wirkte schüchtern, Meilin gelangweilt.

„Du bist prächtig gekleidet. Du musst sehr reich sein", sagte Rollan zu ihr.

„Reichtum ist relativ", erwiderte sie schroff. „Der Kaiser besitzt noch viel mehr als mein Vater."

Rollan lachte. „Wenn du dich mit dem Kaiser von Zhong vergleichst, musst du ja stinkreich sein."

„Mein Vater ist General und einige meiner Vorfahren waren erfolgreiche Kaufleute."

„Aha, daher das Geld", sagte Rollan. „Und du, Conor? Welch edlen Stammbaum hast du zu bieten?"

Conor wurde ein wenig rot und warf Meilin einen Blick zu. „Natürlich habe ich Eltern. Über meine Vorfahren weiß ich nicht viel. Wir sind Hirten. Eine Zeit lang habe ich als Diener gearbeitet, aber das Leben draußen bei den Tieren war mir immer lieber."

„Und ich bin Waise", sagte Rollan. „Ich bin nur hier, weil ich durch Essix aus dem Gefängnis freigekommen bin."

„Gefängnis!", rief Conor. „Was hast du getan?"

„Ein Freund von mir hatte schlimmes Fieber. Auch er war arm und konnte sich keine Medizin leisten. Ein anderer Freund hat in der Apotheke eine Arznei für ihn geklaut, und ich war am selben Ort, als die Tat geschah. Deshalb wurde ich für einen Komplizen gehalten und verhaftet."

„Stimmt es wirklich, dass du unschuldig im Gefängnis warst?", fragte Meilin. „Oder hast du am Ende doch geklaut?"

Rollan zuckte mit den Schultern. „Ertappt! Stimmt alles nicht: In Wirklichkeit bin ich Olvans Sohn und habe den Auftrag, euch auszuspionieren."

Meilin forderte ihn nicht weiter heraus, aber Rollan spürte, dass sie ihm misstraute. Vielleicht war sie doch nicht so dumm, wie er dachte. Immerhin war sie offenbar schlau genug gewesen, den grünen Mantel fürs Erste nicht zu nehmen.

Conor betrachtete die Burg, die vor ihnen aufragte. „Was wollen diese Geheimtuer eigentlich von uns?"

„Vielleicht hättest du das fragen sollen, bevor du dir ihren Mantel umgehängt hast", sagte Rollan.

„Vermutlich brauchen sie uns als Kämpfer", meinte Meilin. „Wahrscheinlich als Anführer. Der Krieg hat schon angefangen."

„Ich glaube, sie brauchen uns als Maskottchen", sagte Rollan. „Wahrscheinlich kommt mein Porträt auf die Fahne von Amaya."

Conor lachte und wurde wieder ein wenig rot. „Das ist doch der reinste Wahnsinn, oder? Die viele Aufmerksamkeit bringt mich ganz durcheinander."

„Das ist ein schlechter Zeitpunkt für Witze", sagte Meilin barsch. Ihre Augen sprühten auf einmal Funken. „Meine Heimat Zhong wird von Fremden angegriffen. Die Grünmäntel haben mich gerade noch rechtzeitig außer Landes geschmuggelt, während mein Vater unsere Stadt verteidigt hat. Ich weiß immer noch nicht, ob er lebt oder gefallen ist!"

Rollan wechselte das Thema. „Ich weiß nicht, was ich machen soll. Könnt ihr beide mir Tipps geben, wie man mit einem Seelentier umgeht? Essix lässt sich von mir nichts sagen."

„Ich habe mit Briggan auch so meine Mühe", sagte Conor. Er bückte sich und streichelte seinen Wolf. „Er kann ganz schön stur sein. Aber je besser wir einander kennenlernen, desto enger wird unsere Freundschaft. Tarik meinte, dass später auch Fähigkeiten unseres Tieres auf uns übergehen."

Rollan sah Meilin und ihren Panda an. „Was könnte das bei dir sein? Ein Hang zum Schmusen?"

Meilins Gesicht erstarrte zu einer Maske, doch für den Bruchteil einer Sekunde bebten ihre Lippen. Wütend streckte sie den Arm aus und im nächsten Moment hatte Jhi sich in ein Zeichen auf ihrem Handrücken verwandelt. Sie wandte sich ab und stürmte zur Burg hinauf.

„Das ist ein guter Trick", rief Rollan ihr nach. „Wie hast du das gemacht?"

„Zu spät", sagte Conor leise. „Ich kenne Meilin ja noch nicht lange. Aber dass sie schnell sauer wird, habe ich schon gemerkt."

„Kannst du das auch?", fragte Rollan. „Dein Tier in ein Tattoo verwandeln?"

Conor schüttelte den Kopf. „Noch nicht. Hoffentlich lerne ich es bald."

Rollan streichelte Essix. „Na, wenigstens sind wir zwei nicht die Einzigen, die noch fremdeln."

In der Burg war alles still und dunkel, als Rollan aus seinem Zimmer trat. Er blieb stehen und lauschte. Er warf einen letzten Blick in sein Zimmer. Essix saß am Fenster und hatte den Kopf unter einen Flügel gesteckt. Lautlos schloss er die Tür. Durch das offene Fenster konnte der Falke ihm jederzeit folgen, wenn er wollte. Der Korridor lag im Dämmerschein einiger schwacher Öllämpchen. Rollan fühlte sich unbehaglich bei dem Gedanken, etwas Verbotenes zu tun. Es war schon spät, und wenn er Glück hatte, begegnete er vielleicht niemandem, aber wenn doch, erregte er natürlich sofort Verdacht. Wie sollte er erklären, dass er sich vollständig angezogen und mit einer Umhängetasche auf dem Weg zum Burgtor befand? In der Tasche waren die Essensvorräte, die er in den letzten Tagen bei den Mahlzeiten heimlich für sich abgezweigt hatte. Wenn ihn jetzt jemand erwischte, konnte er nur lahme Ausreden vorweisen: Er könne nicht schlafen, er fühle sich eingesperrt, er brauche frische Luft. Jeder, der nicht auf den Kopf gefallen war, würde sofort die Wahrheit erraten: Er wollte abhauen.

Bei diesem Gedanken überkamen ihn Gewissenbisse, doch er versuchte sie mit einem Schulterzucken abzutun. Hatte er hierherkommen wollen? Olvan hatte gesagt, er würde ihn vor Zerif schützen, aber wer schützte ihn vor Olvan? Natürlich war er hier eigentlich Gast der Grünmäntel, aber er kam sich allmählich mehr wie ein Gefangener vor. Zwar begegneten ihm die meisten freundlich und höflich. Doch wie würden sie sich verhalten, wenn er ihre Befehle nicht mehr befolgte? Oder wenn sie ihn heute Nacht erwischten?

Nach ihrer Ankunft auf der Burg hatten Conor und Meilin jeweils ein Zimmer erhalten, von den Grünmänteln aber keine zusätzlichen Informationen bekommen. Rollan hatte auf seine Fragen nur ausweichende Antworten gehört. Am Abend hatte er beschlossen, dass er lange genug gewartet hatte. Ihm war klar, dass die Grünmäntel ihn an sich binden wollten, um aus den Fähigkeiten seines Falken Vorteile zu ziehen. Und mit Conor und Meilin stieg der Druck. Jeder Tag, den er blieb, bedeutete sein stilles Einverständnis. Wenn er gehen wollte, musste er es jetzt tun.

In der Umfriedung gab es außer dem großen Tor noch drei kleinere Tore. Sie waren alle stark befestigt und nach außen hin getarnt und konnten offenbar nur von innen geöffnet werden. In der vergangenen Woche hatte er alle ausprobiert und eines davon für seine Flucht ausgewählt.

In einiger Entfernung hörte er Stimmen. Er erstarrte. Offenbar war der Hauptausgang zum Hof bewacht und die Wachen plauderten zum Zeitvertreib miteinander. Ein Hindernis war das nicht. Die übrigen Türen, die vom Hauptgebäude auf den Hof führten, waren bestimmt nicht alle bewacht. In Amaya herrschte Frieden und auch Soldaten mussten schlafen.

Leichtfüßig eilte Rollan einen schmalen Gang zu einer anderen Tür entlang, die ebenfalls nach draußen führte. Da hörte er vor sich eine Stimme. „Komm schon, Briggan! Du willst nichts fressen und du willst nicht nach draußen – hat das nicht bis morgen Zeit?"

Conor! Was tat er hier? Rollan schlüpfte in einen anderen Gang, ohne zu wissen, wohin er führte. Er bog um eine Ecke und blieb dann lauschend stehen. Er hörte nur Conors Schritte, der Wolf bewegte sich lautlos. Die beiden folgten ihm!

Rollan beschleunigte sein Tempo, bog mehrfach um die Ecke, doch dann endete der Gang vor einer abgesperrten Tür. Er atmete so leise wie möglich. Conor und der Wolf kamen immer näher. Rollan hoffte, sie würden bald eine andere Abzweigung nehmen. Es sei denn, der Wolf folgte seiner Spur.

Schließlich kamen Conor und Briggan in Sicht. Der Wolf blieb stehen und starrte Rollan an. Conor, der einen zerzausten und müden Eindruck machte, kniff die Augen zusammen. „Rollan? Was tust du denn hier?" „Ich konnte nicht schlafen", sagte Rollan. „Also hab ich ein bisschen die Burg erkundet. Und warum bist du so spät noch auf?"

Conor gähnte und streckte sich. „Briggan hat ständig an der Tür gekratzt."

Der Wolf saß auf den Hinterläufen und hechelte.

Conor zog die Nase kraus. „Jetzt mal ehrlich: Warum treibst du dich hier herum? Hast du was Bestimmtes vor?"

„Also gut", sagte Rollan, als rückte er erst jetzt mit der Wahrheit heraus. „Essix ist nach draußen geflogen und nicht zurückgekehrt. Ich wollte nachsehen, ob ihr etwas passiert ist."

„Und deshalb stehst hier vor der verschlossenen Tür?", ergänzte Conor.

Conor war offenbar doch nicht so dumm.

Rollan erwiderte schnell: „Ich habe dich gehört und dann war es mir peinlich, dass ich mich verlaufen habe. Aber ich mache mir wirklich Sorgen um Essix."

Conor runzelte die Stirn. „Dann sollten wir Olvan informieren. Seine Leute können uns sicher suchen helfen."

Rollan zögerte. „Du hast Recht. Gib ihm schon mal Bescheid. Ich suche weiter, nur für den Fall."

Conor warf einen Blick auf die Tasche. „Was ist da drin?"

„Etwas zu fressen für den Falken. Ein Köder."

Conor sah ihn an. „Dafür ist die Tasche aber ziemlich groß."

Rollan seufzte und gab auf. „Du brauchst Olvan nicht zu holen, Essix geht es gut. Ich … denke nur an einen Ortswechsel."

„Du willst weglaufen?", rief Conor ungläubig. Briggan legte den Kopf schief.

„Ich ergreife die Flucht", verbesserte Rollan.

„Du bist hier kein Gefangener."

„Da bin ich mir nicht so sicher! Glaubst du, die würden mich einfach so gehen lassen? Mit Essix?"

Conor zögerte. „Wenn du darauf bestehen würdest, sicher."

„Woher willst du das wissen? Du hast ja gleich unterschrieben, als dir die Grünmäntel anboten, ihrem Bund beizutreten."

Conor trat von einem Bein auf das andere. „Ich habe mich ihnen angeschlossen, als mir klar wurde, dass ich Briggan gerufen hatte", verteidigte er sich. „Ich wollte kein Großes Tier rufen, aber das Schicksal hat es so gewollt, und nun muss ich den Grünmänteln helfen, Erdas zu retten."

„Vor was denn?", spottete Rollan. „Das haben sie uns immer noch nicht verraten! Wir haben gehört, dass in Zhong Krieg ausgebrochen ist. Und es gibt Gerüchte über den Schlinger. Fremde sehen mich hoffnungsvoll an, aber ich habe keine Ahnung, was sie von mir erwarten. Selbst wenn mein Falke wirklich *die* Essix aus den alten Legenden ist, was sollen wir denn tun, wenn Krieg ausbricht? Die Essix der Vergangenheit war riesig und konnte sprechen.

Dieses Vogelweibchen verhält sich wie ein stinknormaler Falke. Und was noch schlimmer ist: Sie kann mich überhaupt nicht leiden, obwohl sie mein Seelentier ist!"

„Tja, warum ist das wohl so?", fragte Conor. Briggan schüttelte den Kopf und zog die Lefzen hoch. Rollan kam es so vor, als ob das Tier ihn auslachte.

„Vorsicht, Schafhirte!", sagte er gereizt. „Du folgst vielleicht gern der Herde, ich aber nicht."

„Wenigstens laufe ich nicht gleich weg, wenn ich Angst kriege", erwiderte Conor gereizt. „Glaubst du, ich habe keine Zweifel und will irgendwo in der Fremde in einer Burg festsitzen? Nenn mich ruhig Schafhirte, wenn es dir Spaß macht. Schafe hüten erfordert mehr Mut und Können, als sich nachts fortzustehlen!"

Rollan war einen Moment lang um Worte verlegen. Er beschloss, Ehrlichkeit mit Ehrlichkeit zu vergelten. „Ich brauche einfach mehr Platz", sagte er leise. „Wie soll ich nachdenken, wenn ich überall von Grünmänteln umgeben bin? Jede Mahlzeit, die ich hier esse, jede Hand, die ich schüttele, setzt mich nur noch mehr unter Druck. Wie soll ich da eine freie Entscheidung treffen? Irgendwie habe ich das Gefühl, dass die Grünmäntel nur an meinem Falken interessiert sind. Ich bin für sie nur Mittel zum Zweck und das macht mich misstrauisch."

„Ich weiß, was du meinst", sagte Conor. „Auch mich hat niemand groß beachtet, bevor Briggan zu mir kam. Dann stand ich plötzlich im Mittelpunkt der Aufmerksamkeit."

„Macht dich das nicht auch misstrauisch?"

Conor nickte zögernd und Briggan sah ihn erwartungsvoll an. „Trotzdem glaube ich fest daran, dass sie Erdas verteidigen wollen. Dazu brauchen sie Briggan und deshalb brauchen sie auch mich. Und Briggan scheint ihnen zu vertrauen."

Der Wolf wedelte mit dem Schwanz und begann auf- und abzulaufen.

Rollan spähte in den Gang. „Egal wie ich mich entscheide, aus meiner Flucht heute Nacht wird wohl nichts. Wirst du mich verraten?"

Conor erwiderte Rollans Blick. „Du hast nichts Verbotenes getan."

Rollan senkte den Kopf und rieb sich mit den Handknöcheln die Augenbrauen. „Ich kann ja noch warten, bis wir Genaueres wissen."

„Wahrscheinlich gar nicht so dumm", stimmte Conor zu.

„Zwingen lasse ich mich aber nicht. Sollen sie mir ruhig drohen. Sie können mich auch einsperren. Wenn sie das tun, weiß ich wenigstens, woran ich bin."

Conor streckte sich und gähnte, dass seine Kiefer knackten. „Ich freue mich, wenn du bleibst. Ich habe keine Lust, mit Meilin allein zu sein."

Rollan grinste. „Macht sie dir Angst?"

Conor zuckte mit den Schultern. „Ich habe zwei Brüder. Von Mädchen verstehe ich absolut nichts."

„Ich habe gehört, sie sind wie Blumen."

„Wenn du meinst." Conor wandte sich zum Gehen und klopfte an sein Bein. „Komm, Briggan, wir legen uns wieder hin. Gute Nacht, Rollan."

„Gute Nacht." Rollan sah Conor nach, bis er verschwunden war. Dann überlegte er. Er konnte immer noch fliehen, aber der Mut hatte ihn verlassen. Deshalb machte er sich auf den Rückweg in sein Zimmer.

Zusammenarbeit

Auf dem Weg zum Training erntete Meilin verstohlene Blicke, manch einer starrte sie auch unverhohlen an. Gespräche wurden mitten im Satz unterbrochen, wenn sie auftauchte, und flüsternd wieder aufgenommen, sobald sie vorbeigegangen war. Einige schienen misstrauisch, andere grüßten sie mit einem befangenen Nicken. Rollan hatte Recht: Die Grünmäntel schienen viel von ihr zu erwarten.

Sie betrat den großen, luftigen Raum, in dem bereits Conor mit seinem Wolf wartete. Der Trainingsplatz wirkte unangemessen groß – viel größer als der Platz, auf dem sie zu Hause mit den Meistern geübt hatte. Die hohe Gewölbedecke war vermutlich für Grünmäntel mit fliegenden Seelentieren gedacht.

„Schön, dass du kommst", sagte Conor und rieb sich verlegen den Arm. „Ich hab schon gedacht, ich wäre am falschen Ort."

„Ich habe die Nachricht beim Frühstück bekommen", sagte Meilin. „Man hat mir befohlen, mich mit Jhi hier zu melden."

Conor nickte. „Bei mir war es genauso. Danach habe ich kaum noch einen Bissen hinuntergebracht. Ich, äh, kann nicht so gut lesen, deshalb musste mir jemand helfen." Conor wurde rot. „Scheint eine Art Prüfung zu sein. Was meinst du?"

„Ja, eine Probe zur Beurteilung."

Conor sah Briggan an und dann wieder Meilin. „Lass mich raten: Jhi befindet sich gerade im Ruhezustand, als Zeichen auf deiner Hand?"

„Dort ist sie am liebsten."

Conor nickte und schwieg verlegen. Er bückte sich und streichelte Briggan. Meilin merkte, dass er ihrem Blick auswich. Er war ein einfacher Junge, von niederer Abstammung und ohne Bildung. Doch in einem war er ihr vollkommen ebenbürtig: Er hatte einen der Vier Gefallenen gerufen. Warum gerade er? War es Zufall gewesen? Das bedeutete, dass auch sie das Los nur zufällig getroffen hatte. Sie, die von Geburt an dazu bestimmt war, eine führende Rolle in Zhong zu spielen.

Rollan trat ein. Der Falke saß auf seiner Schulter. „Komme ich zu spät?"

Conor hob den Kopf und sah ihn erleichtert an. „Schön, dass du da bist."

Meilin spürte eine Art stillschweigendes Einvernehmen

zwischen den beiden. Hatte sie da etwas verpasst? Hatten die beiden über sie gesprochen? Sie schalt sich, dass sie sich über solche Kleinigkeiten aufregte, jetzt, da ihr Land in größter Gefahr war. Aber sie konnte einfach nicht anders.

„Sonst war noch niemand da?", fragte Rollan.

Conor schüttelte den Kopf. „Nein."

Rollan musterte die Waffen, die in Gestellen entlang der Wände aufgereiht waren: Schwerter, Krummsäbel, Messer, Speere, Hellebarden, Äxte, Knüppel und Keulen. „Ist das jetzt ein Training oder ein Kampf auf Leben und Tod?"

„Keine Sorge, so ernst wird es nicht", hörten sie Tarek sagen, der gerade in diesem Moment in Begleitung einer Frau und zweier Männer hereintrat. Alle drei trugen grüne Mäntel. Meilin hatte sie noch nie zuvor gesehen. Die Ankömmlinge betrachteten Essix und Briggan ehrfürchtig. „Es ist üblich bei uns, die Fähigkeiten der neuen Rekruten genau zu testen."

Rollan musterte die Fremde. „Wer sind deine Begleiter?"

„Beobachter", antwortete Tarik ruhig. „Sollte es doch zu der ein oder anderen gefährlichen Situation kommen, werden sie euch helfen. Schenkt ihnen keine Beachtung. Und jetzt möchte ich gern mit jedem von euch ein paar Übungen machen."

Die beiden Männer traten zu Conor und Rollan, die Frau zu Meilin. Sie wirkte durchtrainiert, ihr Gesicht zeigte keine Regung.

„Kannst du Jhi rufen, Meilin?", fragte Tarik.

Meilin richtete die ganze Kraft ihrer Gedanken auf das Tattoo auf ihrem Handrücken. Mit einem Mal spürte sie, wie ihr Arm dort, wo das Zeichen war, ganz warm wurde – als wäre darin etwas Lebendiges verborgen. Sie stellte sich vor, dass eine Tür aufging, hinter der Jhi stand. Das Tattoo verschwand mit einem Blitz und der Panda erschien.

„Gut gemacht", lobte Tarik. „Manche, die den Ruhezustand zum ersten Mal einsetzen, haben Schwierigkeiten, ihre Tiere wieder daraus zu wecken. Du hast das schnell gelernt, ein wichtiger Schritt. Denn im Ruhezustand kann dein Seelentier dir nicht helfen."

Meilin nickte und lächelte bescheiden. Sie war Lob zwar gewöhnt, hörte es aber trotzdem immer wieder gern. Aus den Augenwinkeln bemerkte sie die neidischen Blicke der beiden Jungen, vor allem Rollan blickte finster drein. Aber sie konzentrierte sich ganz auf Tarik und tat, als kümmerte sie die Missgunst der anderen nicht.

„Erlaubt euren Begleitern bitte, euch die Augen zu verbinden", sagte Tarik. „Wir wollen überprüfen, wie ihr eure Seelentiere wahrnehmt, wenn ihr nichts seht."

Meilin hielt still, während die Frau ihr die Augen verband.

„Müssen wir denn auch mit geschlossenen Augen kämpfen?", fragte Rollan.

Meilin hatte dasselbe gedacht, hätte es aber nie ausgesprochen.

„Nein, es geht nur um den Kontakt zu eurem Tier", erklärte Tarik geduldig. „Folgt einfach den Anweisungen."

Eine Hand fasste Meilin am Ellbogen und führte sie einige Schritte vorwärts. Sie bemühte sich angestrengt, nicht die Orientierung zu verlieren. Dann wurde ihr durch eine Berührung an der Schulter bedeutet zu warten.

„Die Tiere haben ihre Position geändert", sagte Tarik schließlich. „Zeigt jetzt in die Richtung eures Tieres. Die Tiere bitte ich darum, ganz still zu sein."

Meilin spannte all ihre Sinne an, konnte aber weder etwas riechen noch etwas hören. Sie dachte an das Leben, das unter ihrem Tattoo pulsierte, wenn Jhi dort ruhte, und versuchte nun etwas Ähnliches in ihrer Umgebung zu erspüren. Vergeblich.

„Gut, Conor, fast getroffen", lobte Tarik.

Meilin ließ sich nichts anmerken, aber sie war enttäuscht. Hatte Conor wirklich eine engere Bindung zu seinem Seelentier als sie zu ihrem? Er konnte es doch nicht einmal in den Ruhezustand versetzen! Vielleicht hatte er nur geraten.

„Tut mir leid, Rollan, du liegst vollkommen falsch", sagte Tarik. „Aber du hast es gut gemacht, Conor. Briggan geht hin und her, aber du findest ihn trotzdem."

Meilin forderte Jhi stumm auf, sich bemerkbar zu machen. Jhi hatte solchen Befehlen bisher immer gehorcht, doch jetzt geschah zu ihrer Verwunderung nichts.

„Wenn du dir nicht sicher bist, Meilin, verlass dich auf deinen Instinkt", sagte Tarik.

Vielleicht wollte ihr Tarik sagen, dass sie zu sehr mit dem Verstand arbeitete und sich stattdessen mehr auf ihr Gefühl verlassen sollte. Das erklärte womöglich auch, weshalb Conor sein Tier so schnell gefunden hatte – bei ihm bestand wohl nicht die Gefahr, dass er zu viel nachdachte.

Einer spontanen Eingebung folgend deutete sie nach rechts.

„Ziemlich weit daneben, Meilin", sagte Tarik. Er klang leicht belustigt.

Sie zeigte nach links.

„Besser, aber noch lange nicht richtig", meldete Tarik.

Es kostete Meilin gewaltige Anstrengung, sich zu beherrschen. Was war das für eine blödsinnige Prüfung? Noch einmal forderte sie Jhi stumm auf, sie solle sich zu erkennen geben, aber wieder spürte sie nichts.

„Nicht schlecht, Rollan", sagte Tarik. „Noch nicht richtig, aber zu gut für einen Zufall. Conor, du bist ein Naturtalent."

Meilin war stinkwütend. Wahrscheinlich hatten die Jungen heimlich geübt. Da ging sie jede Wette ein.

„Willst du es noch einmal probieren, Meilin?", fragte Tarik.

Sie nahm die Augenbinde ab. „Ich spüre nichts." Sie sah zu Jhi, die mit der Frau an der Wand des Trainingsraums entlangtrottete.

„Das ist ganz normal", sagte Tarik.

Meilin sah, dass Conor Briggan mit dem Finger folgte und immer auf den Wolf zeigte, auch wenn dieser die Richtung wechselte. Essix flog über ihnen und Rollan schien zumindest immer zu wissen, in welcher Hälfte des Raums sie sich aufhielt.

„Wie kann ich mich verbessern?", fragte Meilin.

„Immerhin kannst du Jhi schon in den Ruhezustand schicken", sagte Tarik. „Das Vertrauen deines Tieres scheinst du also bereits gewonnen zu haben. Du musst eure Bindung stärken. Dazu gehört, dass du empfänglicher für die Signale wirst, die es aussendet."

Meilin nickte. Jhi gehorchte ihr immer, was machte sie also falsch? Aber an Tariks Worten mochte schon etwas dran sein: Vielleicht versuchte sich die Pandabärin ja bemerkbar zu machen, aber sie empfing die Signale nicht. Meilin runzelte die Stirn. Außer Jhis bereitwilligem Gehorsam gab es keine Verbindung zwischen ihnen beiden. Was brauchte es dazu? Zuneigung? Verständnis? Es fiel ihr schwer, ein so gutmütiges, langsames Tier ernst zu nehmen. Aber Jhi war ihr Seelentier, ein anderes bekam sie nicht. Sie musste mit ihr zurechtkommen.

„Ihr könnt die Augenbinden jetzt abnehmen", sagte Tarik schließlich.

Meilin betrachtete die an der Wand aufgereihten Waffen. Die Holzschwerter dienten ganz offensichtlich Übungszwecken. Andere Waffen sahen dagegen gefährlich aus, auch wenn einige davon vielleicht nicht scharf waren. Meilin war davon überzeugt, dass sie den beiden Jungen in jeder Kampfart überlegen war, egal ob Jhi ihr half oder nicht. Zu gern hätte sie ihnen ihre Künste vorgeführt, aber war es auch klug? Ihr Vater hatte ihr immer geraten, ihr Können zu verbergen und so den Gegner zu überraschen.

„Als Nächstes machen wir eine Laufübung", kündigte Tarik an. „Geht bitte zur hinteren Wand. Dann rennt ihr los, nehmt Anlauf, springt an der Wand hinauf und berührt sie so weit oben, wie ihr könnt. Dann rennt ihr wieder zurück und schlagt mit aller Kraft gegen den Sack, der dort hängt. Bittet zuvor eure Tiere, euch bei dieser Aufgabe auf jede nur mögliche Weise zu helfen."

Meilin betrachtete den Leinensack, der gegenüber, nicht weit entfernt vor der hinteren Wand an einer Kette von einem ins Gewölbe eingezogenen Balken herunterhing. Er war größer als sie selbst und sah fürchterlich schwer aus.

„Sollen wir gleichzeitig laufen?", fragte sie.

Tarik nickte. „Ja. Wer als Erster bei dem Sack ist, schlägt fest dagegen und so weiter. Wir bewerten, wie schnell ihr lauft, wie hoch ihr springt und wie kräftig ihr gegen den Sack schlagt. Gebt dies jetzt auch euren Helfern zu verstehen."

Meilin ging zu Jhi. Sie saß auf den Hinterbeinen und blickte sie seelenruhig an. Dann leckte sie sich die Pfote. Meilin fühlte sich durch ihre übertriebene Ruhe nicht gerade angespornt.

„Hilfst du mir", fragte sie, „damit ich schneller bin? Wirst du mich stärker machen? Ich habe noch nie deinen Willen oder deine Gedanken gespürt. Jetzt wäre eine gute Gelegenheit für uns, einander näherzukommen."

Jhi legte den Kopf schief. Sie sah verwirrt aus.

„Hör zu", flüsterte Meilin eindringlich. „Jede Minute, die wir hier mit irgendwelchen Prüfungen verschwenden, ist eine Minute, in der mein Vater und seine Truppen ohne uns auskommen müssen. Ich weiß, was für eine Macht du hast – du bist ein Großes Tier. Deshalb brauche ich deine Hilfe. Wenn du noch länger zögerst, dich mit mir zu verbinden, nützt das nur unseren Feinden. Verstehst du mich? Wir spielen hier kein Spielchen, irgendwo da draußen herrscht Krieg."

Spürte sie Zustimmung in dem unverwandten Blick der silbernen Augen? Oder bildete sie sich das nur ein?

Die Jungen gingen bereits zum Start und Meilin folgte ihnen. Sie war körperlich gut in Form. Obwohl sie schon seit einigen Wochen nicht mehr mit den Meistern trainiert hatte, hatte sie doch auch unterwegs regelmäßig geübt, um Reaktion und Kondition zu erhalten. Die Jungen waren zwar größer als sie, dafür war sie schnell und konnte kräftig zuschlagen.

Briggan lief an der seitlichen Wand entlang und beobachtete die drei mit seinem scharfen Raubtierblick. Essix flog zu dem Balken hinauf, an dem der Sack hing. Jhi bewegte sich nicht von der Stelle, an der Meilin sie zurückgelassen hatte, und sah den anderen von dort aus zu.

Rollan grinste sie an. „Musstest in deinem Palast wohl ganz schön viel rumflitzen, was?"

„Ich habe nicht in einem Palast gewohnt", erwiderte Meilin. Das stimmte auch, obwohl ihr Zuhause Rollan oder Conor wahrscheinlich wie ein Palast vorgekommen wäre. Wenn es überhaupt noch stand.

„Ich bin ein guter Läufer", sagte Conor. „Aber ich bin ein bisschen aus der Übung. Und wie steht's bei dir, Rollan?"

„Wer allein auf der Straße lebt, muss schnell laufen können", sagte Rollan. „Denn wer langsam ist, landet irgendwann im Gefängnis."

„Warst du nicht schon mal im Gefängnis?", fragte Meilin unschuldig.

„Bereit?", rief Tarik.

Ein Grünmantel stand neben ihnen an der Startwand, ein zweiter an der gegenüberliegenden, an der sie hochspringen sollten. Der dritte wartete an dem von der Decke hängenden Sack. Die drei Kinder berührten die Wand hinter sich.

„Auf die Plätze, fertig ... los!", rief Tarik.

Meilin stieß sich von der Wand ab und rannte, so schnell sie konnte. In Gedanken bat sie Jhi um Schnelligkeit, irgendwie eine lächerliche Vorstellung bei einem so schwerfälligen Tier. Da hatten Conor und Rollan mit ihren schnellen Seelentieren sehr viel bessere Chancen.

Als sie sich der Sprungwand näherte, war Rollan ihr bereits einige Schritte voraus und Conor lag etwa gleichauf.

Sie dachte an den Sprung. Wenn die Jungen versuchten, möglichst weit nach oben zu kommen, waren sie bei der Wende entsprechend langsamer. Wenn sie selbst sich stattdessen auf eine schnelle Wende konzentrierte, konnte sie aufholen und schaffte es vielleicht als Erste zum Etappenziel. Wenn allerdings alle Übungen gleich viel zählten, der Sprung also ein Drittel der Gesamtwertung ausmachte, brachte ein schwacher Sprung ihr womöglich nur den letzten Platz ein, auch wenn sie am Sack einen harten Schlag hatte.

Rollan vor ihr wurde langsamer, sprang und schlug hoch oben gegen die Wand. Eine gute Leistung, aber nicht mehr. Meilin wollte ihn übertreffen.

Sie stieß sich mit dem Fuß von der Wand ab, um noch höher zu kommen. Im Sprung spürte sie auf einmal einen merkwürdigen Energieschub. Conor war neben ihr, und obwohl er größer war, schaffte sie es weiter nach oben.

Sie landete auf dem Boden und rannte sofort wieder los. Conor war jetzt hinter ihr, Rollan vier Schritte vor ihr.

Da ertönte auf einmal ein durchdringendes Heulen: Briggan. So sehr Meilin auch versuchte, sich auf die eigenen Bewegungen zu konzentrieren, sie bekam trotzdem Gänsehaut.

Conor überholte Meilin und dann auch Rollan. Er erreichte nur wenige Schritte vor ihm den Sack, sprang und warf sich mit der Schulter dagegen. Unsanft prallte er davon ab und landete taumelnd auf dem Boden. Der Sack hatte sich kaum bewegt.

Offenbar musste man gut aufpassen, wie und in welchem Winkel man gegen den Sack schlägt, folgerte Meilin daraus. Da er so irrsinnig schwer schien, stellte sie sich vor, dass sie eine Wand vor sich hatte.

Anders als Conor schlug Rollan im Vorbeilaufen kurz mit der Faust dagegen – der Sack bewegte sich nicht einmal.

Meilin flehte Jhi verzweifelt an, ihr Kraft zu verleihen. Dann machte sie einen Satz und trat mit beiden Beinen zu. Der Sack pendelte nur ein paarmal leicht hin und her und Meilin landete auf dem Boden. Gerade noch rechtzeitig bremste sie ihren Fall mit den Händen ab und stand keuchend auf.

„Hast du dir wehgetan, Conor?", fragte Tarik.

Conor stand vorsichtig auf und rieb sich die Schulter. „Nein, geht schon."

„Du hättest uns sagen müssen, dass der Sack mit Steinen gefüllt ist. Das war unfair", klagte Rollan und massierte sich das schmerzende Handgelenk.

„Nur mit Sand", verbesserte Tarik. „Bewertung?"

„Keine wesentliche Verbesserung bei Rollan und Meilin", sagte die Frau.

„Nur bei Conor auf der letzten Etappe", schränkte einer der beiden anderen Grünmantel ein.

„Wie hat sich das letzte Stück angefühlt?", fragte Tarik an Conor gewandt.

„Als Briggan heulte?" Conor überlegte. „Es kam mir vor wie ein plötzlicher Rückenwind. Auf einmal war ich viel angriffslustiger. Deshalb habe ich mich auch mit voller Wucht gegen den Sack geworfen. Das schien mir in dem Moment das einzig Richtige." Er zog eine Grimasse. „Bis ich dagegengeprallt bin."

Der Grünmantel, der an der Sprungwand positioniert war, meldete sich zu Wort. „Meilin hatte bei ihrem Sprung womöglich auch Hilfe."

„Hast du etwas bemerkt?", hakte Tarik nach.

„Ein ganz klein wenig vielleicht", sagte Meilin zögernd. „Aber die meiste Zeit hatte ich ehrlich gesagt das Gefühl, völlig allein zu sein."

„Wenn der Panda geholfen hätte, wäre sie doch eher langsamer gelaufen als schneller", witzelte Rollan.

„Na, du hast jedenfalls ganz wie ein Vogel zugeschlagen", gab Meilin zurück. „Federleicht. Der Sack hat sich keinen Zentimeter bewegt."

Rollan hob beschwichtigend die Hände. „Ich sag ja schon nichts mehr."

„Hört auf zu streiten", sagte Tarik. „Jeder von euch hat eine ganz eigene, besondere Beziehung zu seinem Seelentier. Wir veranstalten hier keinen Wettbewerb. Ich wollte nur sehen, wie weit ihr seid und was ihr schaffen könnt. Aber wichtiger noch war es mir, euch klarzumachen, wie wichtig es ist, dass ihr euer Seelentier wirklich gut kennt. Und ich wollte euch zeigen, wie Mensch und Seelentier einander unterstützen können."

Meilin wäre vor lauter Ärger beinahe in die Luft gegangen. Wenn bei dieser Veranstaltung irgendetwas herausgekommen war, dann doch nur, dass Jhi ihr, wenn es darauf ankam, keinerlei Hilfe war. In diesem Moment bereute sie bitter, dass sie ihre Heimat wegen Jhi verlassen hatte.

„Sind wir jetzt fertig?", fragte Conor.

Tarik und die anderen Grünmäntel nickten einander zu. „Für heute reicht es."

„Eins hätte ich doch noch gern gewusst. Was für eine Figur machst eigentlich du bei diesen Übungen?", fragt Rollan frech.

Tariks Blick wanderte von den Grünmänteln zu den Kindern. „Wollt ihr das wirklich sehen?"

Meilin seufzte leise. Nach ihrer glanzlosen Darbietung hatte sie überhaupt keine Lust auf die Vorführung eines Meisters. Aber die Jungen ließen nicht locker.

Da zuckte auf einmal ein Blitz durch den Raum und ein wendiger Otter erschien.

Rollan unterdrückte ein Lachen. „Dein Seelentier ist ein Otter?"

„Lumeo ist mehr Clown als Tier", sagte Tarik.

Der Otter verdrehte seinen schlanken Körper, als wäre er der zuckende Schwanz eines wütenden Drachen, und zeigte dann noch ein paar andere Kunststücke.

Conor klatschte begeistert Beifall.

„Das reicht, Lumeo", sagte Tarik schließlich. „Jetzt wissen wir alle, was für ein Angeber du bist. Kannst du mir vielleicht kurz helfen?" Der Otter richtete sich senkrecht auf den Hinterpfoten auf und verfolgte neugierig, wie Tarik zu der Wand trat, an der das Rennen begonnen hatte. Dann lief Tarik los. Meilin traute ihren Augen nicht. Kein normaler Mensch konnte derart beschleunigen! An der gegenüberliegenden Wand angekommen, war Tarik mit drei Schritten doppelt so weit oben wie zuvor die Kinder. Im Fall stieß er sich von der Wand ab, machte einen Salto rückwärts, kam sicher am Boden auf und lief sofort weiter. Den Sandsack brachte er mit einem Faustschlag zum Schwingen. Dann drehte er sich zu den Kindern um.

„Wahnsinn!", rief Conor.

Rollan klatschte und pfiff.

Meilin fiel in den Applaus ein, denn sie wollte auf keinen Fall als schlechte Verliererin dastehen. Außerdem war sie tatsächlich schwer beeindruckt. Nie hätte sie gedacht, dass selbst ein so durchtrainierter, erwachsener Krieger derart schnell und geschmeidig war.

Tarik streckte die Hand nach seinem Otter aus. „Lumeo hat euren Beifall verdient. Ohne ihn hätte ich das nicht geschafft. Wir zwei sind ein Team – wie ihr und eure Tiere. Erkundet die Möglichkeiten dieser Verbindung und ihr werdet reich belohnt."

„Wirklich beeindruckend", gab Meilin zu. „Aber ich habe das Gefühl, dass wir uns ablenken lassen. Zhong wurde überfallen. Menschen sterben. Wer weiß, wie viele Städte inzwischen gefallen sind. Ich bin von weit her und voller Hoffnung nach Amaya gekommen, aber inzwischen habe ich ernsthafte Zweifel, dass ich auf diese Weise meinem Volk helfen kann. Rückt endlich mit der Sprache heraus: Was ist unsere Aufgabe? Ich bin nicht durch ganz Erdas gereist, um mit anderen um die Wette zu laufen und gegen Sandsäcke zu treten."

„Olvans Plan wird bald stehen", versprach Tarik. „Ihr habt wahrscheinlich nicht die leiseste Ahnung, wie wichtig ihr seid. Aber ihr könnt uns nur helfen, wenn wir euch richtig einsetzen. Und ihr selbst müsst euch so gut wie möglich vorbereiten."

Mit diesen Worten wandte sich Tarik zum Gehen. Die anderen Grünmäntel folgten ihm. Meilin hatte keine Lust mehr, mit Conor und Rollan zu reden, deshalb ging sie zu Jhi, die sich auf den Rücken gerollt und alle viere von sich gestreckt hatte.

„Komm mit, wir gehen auf unser Zimmer", sagte sie zu ihr.

Jhi blickte erwartungsvoll zu ihr auf.

Meilin hob die Hand. „Du willst mitgenommen werden? Dann pass mal auf: Als Belohnung für deine aufopfernde Hilfe darfst du zur Abwechslung mal selber laufen. Der Ruhezustand ist für heute gestrichen."

Dann ging sie, ohne sich ein einziges Mal nach Jhi umzublicken.

Die Insel

Im Schein des großen gelben Mondes kroch Abeke ganz leise hinter Uraza übers Dach. Von dort aus konnte sie die Lagune sehen, in der ihr Schiff ankerte. In der schwülwarmen Luft verband sich der würzige Laubgeruch des Dschungels mit dem durchdringenden, salzigen Duft des Meeres.

Laut Shane befanden sie sich auf einer Insel im Golf von Amaya, die der Küste Nilos gegenüberlag. Abeke hatte das Gelände bereits bei zwei vorangegangenen Ausflügen heimlich erkundet. Sie war neugierig, denn sie war noch nie zuvor auf einer Insel gewesen.

Uraza sprang vom Dach auf eine tiefer liegende Mauerkrone. Die Entfernung war nicht groß, aber die Mauer nur drei Handspannen breit. Abeke blieb stehen und Uraza drehte sich nach ihr um. Ihre Augen funkelten im Mondlicht. Eine beruhigende Kraft durchströmte Abeke, die Anspannung wich aus ihren Gliedern und ein leichtes Schwindelgefühl legte sich. Sie lauschte auf die nächtlichen Geräusche der Insel – die Laute umherhuschender Tiere, den Ruf eines Vogels und ein gedämpftes Gespräch, das wahrscheinlich auf einem nahe gelegenen Balkon oder unten vor dem Haus stattfand. Im schwachen Mondlicht konnte sie genauso scharf sehen wie bei Tag und die vielfältigen Aromen der Nacht stiegen ihr in die Nase.

Leichtfüßig folgte sie Uraza auf die Mauerkrone und eilte bis zum anderen Ende des Gebäudekomplexes. Sie kletterte über eine weitere Mauer, ließ sich erst an den Händen herab und dann auf den sandigen Boden fallen.

Offenbar hatte sie niemand beobachtet. Nicht dass ihr das etwas ausgemacht hätte. Wäre sie erwischt worden, hätte sie sich nur über ihre Ungeschicklichkeit geärgert. Sie wollte das Pirschen üben. Das Training mit Shane war zwar nützlich, aber auch sehr theoretisch. Die nächtlichen Ausflüge mit Uraza kamen ihr viel lebensechter vor.

Abeke folgte Uraza in die schattenhafte Welt hoher Bäume, die riesige Blätter trugen. In ihrer Heimat Nilo gab es keine so üppige Pflanzenwelt mit dicht beieinanderstehenden Bäumen und wuchernden Schling- und Klettergewächsen. Offenbar gediehen die Pflanzen aufgrund der feuchten Luft hier besonders gut. Seit ihrer Ankunft hatte es schon zweimal geregnet – in kurzen, heftigen Schauern, die ohne Vorwarnung niederprasselten und genauso schnell wieder aufhörten, wie sie begonnen hatten. Am liebsten hätte Abeke einen Teil des kostbaren Wassers nach Hause in ihr dürregeplagtes Dorf geschickt.

Schon war die Burganlage hinter dem Wald verschwunden. Sie lag nur ein wenig landeinwärts von der geschützten Bucht, in der die von Walen gezogenen Schiffe ankerten. Außerhalb der Burgmauern hatte Abeke bis jetzt kein einziges Gebäude entdecken können.

„Hier lang, Uraza", sagte sie und winkte das Tier zurück. Die Leopardin lief in Richtung Hochebene; dieses Gebiet hatten sie zuvor schon eingehend erkundet. „Diesmal will ich die andere Seite der Insel sehen."

Uraza gehorchte und drehte um. Das Rascheln der Büsche und das Geschrei der Vögel kamen Abeke dabei kein bisschen unheimlich vor. Allein hätte sie sich natürlich bei Nacht nie in diesen Dschungel gewagt, aber mit Uraza an ihrer Seite fühlte sie sich unbesiegbar.

Mit ruhigen, geschmeidigen Schritten bewegten sie sich lautlos wie Geister zwischen dem Laubwerk hindurch. Abeke verfiel in einen tranceartigen Zustand, ihre Bewegungen glichen sich denen Urazas an. Wenn sie innehielt, blieb auch Abeke stehen. Wenn sie weiterlief, hielt Abeke mit. Ein unsichtbares Band verknüpfte die beiden miteinander. Auf diese Weise konnte Abeke das Verhalten der Leopardin genau beobachten und sich zugleich ihrer geschärften Sinne und ihrer Pirschtechnik bedienen.

Nach einer Weile verließen sie den Wald und erklommen einen lang gestreckten Hang, der immer steiler wurde. Die

Büsche wurden allmählich niedriger und seltener. Als Abeke sich umwandte, konnte sie den schwarzen Wald sehen und die Lichter der Festung, die zu orangeroten Punkten geschrumpft waren.

Oben auf dem kahlen Bergrücken angekommen, hatte sie zum ersten Mal einen Blick über die gesamte Insel. Vor ihr fiel das Gelände steil zum Meer hin ab. Im Mondschein konnte sie die Küste erkennen, die über lange Strecken durch Sandbänke vom offenen Meer abgeschirmt war. Keine andere Insel weit und breit. Abekes Blick wanderte zu einer Bucht mit einem Strand, auf dem zwei Feuer brannten. Da sie trotz der Entfernung derart gut zu erkennen waren, mussten sie sehr groß sein. Auf dem Strand bewegten sich dunkle Flecken hin und her, die hin und wieder in den Schein der Flammen eintauchten.

„Sieh mal da unten", sagte Abeke. „Wer könnte das sein?"

Uraza spähte tief geduckt in die Dunkelheit.

Abeke kniff die Augen zusammen. „Von hier oben ist das schwer zu beurteilen. Sie sind ziemlich weit von der Burg entfernt. Piraten also? Shane meinte, in letzter Zeit würden Piraten in diesen Gewässern ihr Unwesen treiben."

Uraza verharrte reglos neben ihr.

Abeke fragte sich, ob Shanes Leute wussten, dass auch noch andere Leute auf der Insel waren. Stellten die Gestalten da unten eine Bedrohung dar? Wohl kaum. Die Burg hatte ein paar Dutzend Bewohner, viele davon waren bewaffnete Soldaten und fast alle hatten Seelentiere zu Gefährten. In der Lagune ankerten drei große Schiffe, und Shane hatte davon gesprochen, dass weitere kommen würden, mit berühmten Besuchern. Waren die Fremden da unten etwa diese Besucher? Aber würden die nicht gleich zur Burg kommen, statt am Strand zu kampieren?

„Das gefällt mir nicht", murmelte Abeke. „Keiner soll hinter Shane und seiner Mannschaft herspionieren. Glaubst du, wir können näher ran, ohne entdeckt zu werden?"

Uraza zuckte nur mit dem Schwanz und begann schon den Steilhang in Richtung Bucht hinunterzusteigen. Abeke folgte ihr.

Bald hatte der Wald sie wieder verschluckt. Diesmal bemühte sich Abeke, vollkommen lautlos zu sein. Denn das hier war bitterer Ernst. Die Fremden am Strand konnten gefährlich sein.

Eine sanfte Brise bewegte die Wipfel und es roch bereits etwas nach Rauch. Erleichtert stellte Abeke fest, dass der Wind in ihre Richtung wehte und alle Geräusche, die sie machten, davontragen würde.

Als sie eine ganze Weile marschiert waren, wurde der Rauchgeruch stärker und Abeke hörte in einiger Entfernung Stimmen. Plötzlich gellte ein Angstschrei durch die Nacht. Es war nicht der Schrei eines Menschen, sondern der eines Tieres. Von welcher Art er stammte, hätte Abeke allerdings nicht sagen können. Ein zweiter, leiserer Schrei folgte, dann ein dritter. Abeke hielt die Luft an und kniete sich neben Uraza. Dann war auf einmal wieder alles still.

Uraza trottete weiter, Abeke folgte. Schließlich sahen sie den Strand. Sie näherten sich, so weit sie es wagten, dann duckten sie sich hinter den Büschen, den letzten Ausläufern des Waldes, die noch im Schatten der Bäume lagen.

Aus den beiden Holzstößen, die aussahen wie Hütten, die versehentlich in Brand geraten waren, schlugen hohe Flammen. Im Feuerschein erblickte Abeke sechs große Käfige und zehn fremde Männer. In vier Käfigen saßen monsterhafte Tiere: ein riesiger Raubvogel, ein Tier mit Stacheln wie ein Stachelschwein, aber fast so groß wie ein Büffel, eine gewaltige, zusammengerollte Schlange, wahrscheinlich eine Würgeschlange, und ein sehniges, rattenartiges Tier, das so groß war, dass es mit Leichtigkeit eine Antilope hätte reißen können. In einem weiteren Käfig lief ein Hund auf und ab. Im Vergleich zu seinen Nachbarn wirkte er klein und verängstigt. Der sechste Käfig aber stand leer.

Ein Mann in einem Kapuzenmantel trat zu dem leeren Käfig. Auf seiner Hand saß eine große Ratte, die neben der Monsterratte ein Winzling zu sein schien. „Verdoppeln wir die Menge bei dieser Ratte und sehen wir uns den Unterschied an", sagte er.

„Eine Dosis ist eine Dosis, egal ob groß oder klein", protestierte ein glatzköpfiger Mann.

„Wir besitzen genug von dem Zeug", erwiderte der Mann mit der Kapuze. „Und da wir den Papagei verloren haben, ist ein Käfig frei. Wir müssen es herausfinden."

Abeke musste sich anstrengen, um alles zu verstehen,

aber sie war überzeugt, dass sie die Worte richtig gehört hatte. Der Kapuzenmann zog einen Trinkschlauch aus seinem Mantel und hielt ihn umgedreht über das Maul der Ratte in seiner anderen Hand. Die Ratte wand sich und ihr Schwanz zuckte wie wild hin und her.

„Das reicht", brummte ein anderer Mann.

„Steck sie in den Käfig", rief jemand.

„Noch nicht", sagte der Mann mit der Kapuze und stöpselte den Trinkschlauch zu. „Sonst entkommt sie womöglich durch die Gitterstäbe." Er hielt die Ratte hoch, damit die anderen Männer sie sehen konnten. Sie zappelte und schien gleichzeitig größer zu werden. Sie zappelte noch stärker und quietschte vor Schmerz.

Der Mann mit der Kapuze bückte sich und schob die Ratte mit Mühe zwischen zwei Gitterstäben hindurch in den leeren Käfig. Das Tier wand sich auf dem Käfigboden und quoll unter seinem Fell immer mehr auf. Es stieß einen gequälten Schrei aus, den Abeke bereits kannte. Es schrie noch einmal und warf sich mit seinem aufgeblähten Körper voller Muskelwülste mehrere Male gegen die Gitterstäbe. Der Käfig erzitterte, Sand flog durch die Luft. Dann beruhigte sich das Tier endlich.

Abeke traute ihren Augen nicht. Was würde Shane sagen, wenn sie ihm von diesen schrecklichen Experimenten berichtete? Würde er ihr glauben? Sie warf Uraza einen Blick zu. „Du bist mein einziger Zeuge", flüsterte sie. „Das ist echt abartig. Was haben sie den Tieren nur gegeben?"

Uraza sah sie nur einen Augenblick stumm an, dann wandte sie ihre Aufmerksamkeit wieder dem Strand zu.

„Was habe ich gesagt?", meinte der Glatzkopf voller Genugtuung. „Die Menge spielt keine Rolle."

„Aber diese Ratte ist ein wenig größer", sagte der Kapuzenmann. „Und ich hatte den Eindruck, dass die Verwandlung schneller vonstattenging."

„Verschwendete Mühe. Bringen wir es zu Ende."

„Mit dem Hund müsste es am einfachsten gehen", sagte der Kapuzenmann. „Admiral ist gut erzogen und bleibt es hoffentlich auch nach seiner Verwandlung."

„Das glaube ich erst, wenn ich es sehe", sagte der Glatzkopf.

Der Kapuzenmann hob den Schlauch. „Das wirst du." Er ging zu dem Käfig mit dem Hund. „Platz, Admiral."

Der Hund legte sich hin.

„Gib Laut!"

Der Hund bellte und wedelte mit dem Schwanz.

Der Mann entstöpselte den Trinkschlauch und hielt ihn zwischen die Gitterstäbe. „Komm her."

Der Hund kam und der Mann schüttete ihm die Flüssigkeit ins Maul. Einige Spritzer gingen daneben. Dann trat er zurück.

Die anderen Männer näherten sich mit gezückten Speeren dem Käfig. Einer hatte seinen Bogen gespannt und einen Pfeil angelegt.

Abeke wollte eigentlich wegschauen, konnte sich aber

nicht vom Anblick des sich windenden, immer weiter wachsenden Hundes losreißen. Er jaulte, als sich die Muskeln unter seinem Fell zu dehnen und zu verdicken begannen. In wilder Panik riss er die Augen auf und aus seinem Maul trat Schaum. Mit einem tiefen Knurren warf er sich gegen das Gitter. Um ein Haar hätte er den ganzen Käfig umgekippt.

„Platz, Admiral!", rief der Kapuzenmann aus einiger Entfernung.

Der Monsterhund legte sich tatsächlich hin.

„Gib Laut!"

Ein tiefes Bellen hallte so laut durch den Dschungel, dass die Vögel von den Bäumen aufflogen.

„So ist es brav, Admiral", lobte der Mann. „Brav."

„Zugegeben, ich bin beeindruckt", sagte der Glatzkopf. „Aber ohne Leine würde ich ihn nicht rauslassen."

Einige der Männer grinsten. Die meisten hielten vorsichtshalber noch ihre Waffen bereit.

Ein Windstoß fuhr durch die Luft.

Der Hund hob ruckartig den Kopf und starrte in Richtung Dschungel, direkt in Abekes Augen. Dann ließ er ein tiefes Knurren hören. Einige der Fremden waren seinem Blick gefolgt. Abeke widerstand dem Drang, sofort zu verschwinden. Wenn sie sich bewegte, würde sie sofort ertappt werden. Im Moment konnte sie nur auf die Dunkelheit vertrauen.

Das Knurren des Hundes steigerte sich zu einem wütenden Gebell.

„Was ist denn, Admiral?", fragte der Kapuzenmann und spähte in dieselbe Richtung wie sein Hund.

Doch das Tier bellte nur noch lauter.

„Nein", flüsterte Abeke, „bitte nicht."

Der Hund warf sich wie besessen gegen die Seiten des Käfigs. Die Männer riefen sich etwas zu, aber Abeke konnte sie wegen des Lärms nicht verstehen. Der Hund begann zu toben, dass die Gitterstäbe erzitterten. Verzweifelt sprang er gegen die Käfigdecke und das Holz knackte und splitterte.

Da spürte Abeke spitze Zähne an ihrem Arm. Uraza hatte sie gezwickt, als wollte sie ihr etwas sagen. Sobald sie Abeke auf sich aufmerksam gemacht hatte, zog sie sich tiefer zwischen die Bäume zurück. Abeke folgte ihr.

Der Lärm hinter ihnen ging weiter, zuletzt ertönte ein lautes Krachen. Abeke blickte über die Schulter. Dem Riesenhund war es gelungen, die Käfigdecke zu durchbrechen. Die Gitterstäbe fielen in alle Richtungen auseinander. Ohne die Männer zu beachten, die noch halbherzige Versuche machten, ihn mit ihren Speeren aufzuhalten, rannte er geradewegs in Abekes Richtung. Bei jedem Schritt wirbelte er eine Sandfontäne auf.

Uraza begann zu laufen, Abeke rannte neben ihr her. Ohne auf den Lärm zu achten, den sie verursachte, brach sie durch die Büsche. Jetzt hätte sie sich mehr als nur ein Messer zu ihrer Verteidigung gewünscht. Allerdings war fraglich, ob es überhaupt eine Waffe gab, die diese Bestie aufhalten konnte.

Das zornige Gebell ihres Verfolgers trieb Abeke noch mehr an. Dabei blieb ihr keine Zeit, auch nur einen vernünftigen Gedanken zu fassen; sie rannte einfach drauflos. Alle Geschmeidigkeit war dahin, immer wieder stolperte sie. Äste schlugen gegen ihre Brust, mit dem Fuß blieb sie immer wieder an Wurzeln hängen und der holprige Boden tat sein Übriges. Mehrmals fiel sie auf die Knie, einmal sogar auf den Bauch, rappelte sich aber trotz der Schmerzen sofort wieder auf und kämpfte sich tapfer weiter durch das Blättermeer.

Doch der Hund holte rasch auf. Jeden Moment konnte sie in die Reichweite seiner Fänge geraten. Uraza hatte sie aus den Augen verloren. In ihrer Verzweiflung zog sie ihr Messer und wirbelte herum. So leicht wollte sie es diesem Biest auch nicht machen.

Augenblicklich schärften sich ihre Sinne. Sie duckte sich vor dem Angriff des Tieres. Der Hund sprang, sie wich zur Seite aus und stach zeitgleich mit dem Messer zu. Das Monster flog an ihr vorbei und die Spitze ihrer Klinge ritzte seine Flanke.

Rasch trat sie hinter einen Baum. Der Hund prallte so heftig dagegen, dass der Boden bebte, aber der Baum war kräftig und hielt stand. Abeke ergriff die Flucht und der Hund verfolgte sie geifernd. Als sie stolperte, rollte sie sich instinktiv auf den Rücken und hielt das Messer nach oben. Mit aufgerissenem Maul sprang ihr Verfolger auf sie zu. Seine riesigen Fänge leuchteten in der Dunkelheit.

Mit einem Gebrüll, wie Abeke es noch nie gehört hatte,

kam da Uraza aus dem Dunkel geschossen und verbiss sich sofort in den Hals des Hundes. Die Wucht des Zusammenstoßes warf den Hund aus der Bahn. Leopard und Hund gingen zu Boden und verfehlten Abeke dabei nur knapp. Fauchend und knurrend und mit blitzenden Zähnen kämpften sie miteinander.

Abekes erste Regung war wegzulaufen, aber sie brachte es nicht übers Herz, Uraza im Stich zu lassen. Doch mit einem Mal drängte es sie, schleunigst auf den nächstbesten Baum zu klettern. Da dieser im unteren Bereich keine Äste hatte, an denen sie sich hätte festhalten können, zog sie sich mit den Armen nach oben und umklammerte dabei den Stamm mit den Knien. Auf diese Weise arbeitete sie sich mühsam voran, bis sie einen kurzen, aber ausreichend stabilen Ast erreichte, auf dem sie sich einen Augenblick ausruhen konnte. Von hier aus konnte sie sehen, dass auch Uraza auf einen Baum geflüchtet war. In ihrem prächtigen Fell klaffte eine rote Wunde. Unten auf dem Boden bellte und heulte der enttäuschte Monsterhund. Immer wieder warf er sich mit seinem ganzen Körpergewicht gegen den Baum, auf dem Abeke saß. Sie musste sich mit beiden Händen festhalten, um nicht zu fallen. Das Messer hatte sie verloren. Ihre einzige Hoffnung war, dass der Hund irgendwann aufgeben und zum Strand zurücklaufen würde.

Doch auf einmal schien ihn etwas abzulenken, denn er lief zu einem anderen Baum hinüber. Dort erkannte Abeke zwischen den Blättern im Mondschein die Umrisse einer menschlichen Gestalt. Sie hielt einen Bogen und schoss einen Pfeil nach dem anderen auf den Hund ab.

Der Hund sprang bellend und knurrend an dem Baum hoch und schlug vergeblich die Krallen in die Rinde. Seltsamerweise ging er nicht in Deckung, obwohl er von einem Geschoss nach dem anderen getroffen wurde. Doch schließlich taten die Pfeile ihre Wirkung: Er ließ von dem Baum ab, lief taumelnd noch zwei Schritte und brach dann mit einem kläglichen Winseln auf dem Boden zusammen.

Die Gestalt kletterte vom Baum herunter, blieb kurz neben dem nun in rasender Geschwindigkeit schrumpfenden Hund stehen und ging zu Abekes Baum weiter. „Komm runter, Abeke!", rief eine nur zu bekannte Stimme. „Er ist tot. Komm runter – wir müssen verschwinden."

Abeke kletterte mühsam nach unten. Das letzte Stück ließ sie sich fallen. „Shane! Wie hast du mich gefunden?"

„Hast du geglaubt, ich würde dich nachts allein durch den Dschungel laufen lassen?"

„Du bist mir gefolgt?"

„Nicht so laut!", warnte Shane und blickte sich um. „Die Männer am Strand dürfen uns nicht finden."

„Diese Kerle haben den armen Hund in ein Monster verwandelt!", sagte Abeke leiser. „Sie haben ihm etwas zu trinken gegeben. Etwas, was ihn verändert hat."

„Ich weiß, wer sie sind", sagte Shane. „Aber ich habe zu spät gemerkt, dass sie heute Abend hier sind. Sonst hätte ich dich in eine andere Richtung gelenkt."

„Wie viel Abstand hast du zu uns gehalten?"

„Zu viel. Ich wollte nicht, dass du mich bemerkst."

„Was tun diese Männer da?"

„Sie suchen einen Ersatz für den Nektar. Das, was sie zusammenbrauen, probieren sie dann heimlich aus."

„Aber der Nektar erzeugt doch keine Monster!"

„Die Männer experimentieren mit ganz verschiedenen Inhaltsstoffen", erklärte Shane. „Was sie genau bezwecken wollen, weiß ich nicht. Jedenfalls sollten sie uns nicht erwischen. Wir müssen gehen."

Uraza kam in Sicht. Sie blutete an der Flanke. Abeke bückte sich zu ihr hinunter und schlang die Arme um ihren Hals. „Danke", murmelte sie in Urazas Fell. „Du hast mir das Leben gerettet."

Vision

Die Sonne schien durch das Buntglasfenster des Vorzimmers und malte bunte Flecken auf den Boden. Briggan lief durchs Zimmer und schnüffelte an den Möbeln. Als er das Farbspiel durchquerte, leuchteten auf seinem grau-weißen Fell bunte Flecken auf. Conor wusste nicht mehr, wie lange sie hier schon warteten. Was nützte es ihm, dass er endlich den verhassten Dienst bei Devin los war, wenn er jetzt schon wieder in einer Burg festsaß? Auch Briggan war nicht gerne eingesperrt, Conor spürte es nur zu deutlich.

Die Tür ging auf und Rollan kam mit Essix auf der Schulter heraus. Conor und Briggan blickten ihn erwartungsvoll an. Offenbar hatten Lenori und Rollan endlich ihr Gespräch beendet.

„Du bist dran", sagte Rollan.

„Wie war's?", fragte Conor.

Rollan zuckte mit den Schultern. „Sie wollte, dass ich ihr von meinen Träumen erzähle. Wenn das eine Prüfung war, bin ich wahrscheinlich durchgefallen. Viel Spaß."

Conor trat ein. Lenori saß in einem großen Sessel, in dem sie noch kleiner wirkte, als sie sowieso schon war. Ihr grüner Mantel lag auf einem Tisch daneben. Sie hatte sich Federn in die langen Haare geflochten und trug verschiedene Perlenketten und Armbänder. Die nackten Füße mit den schwieligen braunen Sohlen hatte sie auf einen niedrigen gepolsterten Hocker gestellt.

Neben dem Sessel saß auf einer hohen, tragbaren Stange ein merkwürdiger Vogel. Er hatte einen schlanken Hals, einen nach unten gekrümmten Schnabel und sein Gefieder schillerte in allen Farben des Regenbogens. Lenori winkte Conor zu einem Stuhl. Gehorsam setzte er sich, Briggan legte sich neben ihm auf den Boden. Lenori musterte Conor mit Augen, die so unergründlich waren wie das Meer. Es schien ihm, als könnte sie seine Gedanken lesen.

„Wie geht es dir?"

Die Frage klang freundlich, Lenori schien aufrichtig interessiert. „Um ehrlich zu sein: Ich frage mich ständig, ob Briggan sich vielleicht den Falschen ausgesucht hat."

Lenori lächelte. „Kein Tier verbindet sich mit der falschen Person, schon gar nicht ein Großes Tier. Warum glaubst du das?"

Conor bereute schon, dass er überhaupt davon angefangen hatte.

Lenori saß entspannt in ihrem Sessel, aber ihrem wachsamen Blick entging nichts.

„Hier ist alles so weit von dem entfernt, was ich bisher erlebt habe."

„Ich verstehe dich." Ihre Stimme klang sanft und melodisch. „Setze dich nicht unter Druck. Du musst dich nicht über Nacht verändern, du wirst in deine Rolle hineinwachsen. Erzähle mir, was du geträumt hast, seit Briggan da ist."

Conor überlegte. „Als ich noch Hirte war, musste ich einmal nachts meine Schafe vor einem Rudel Wölfe verteidigen. Diese Nacht habe ich in letzter Zeit immer wieder im Traum durchlebt." Briggans Maul stand offen und die Zunge hing heraus. Näher konnte ein Wolf einem Lächeln nicht kommen.

„Haben dich auch noch andere Tiere im Traum besucht?", fragte Lenori.

„Vor Kurzem habe ich von einem Widder geträumt, so einem mit großen, geschwungenen Hörnern."

Lenori beugte sich vor. „Wo war das? Was hat er getan?"

Conor erinnerte sich noch lebhaft daran. Es war einer jener seltenen Träume gewesen, die sich genauso anfühlten wie das wirkliche Leben, sogar in der Erinnerung.

Er kletterte einen hohen, zerklüfteten Berg hinauf, der raue Fels fühlte sich unter seinen Händen so kalt an wie Eis. Fast senkrecht stieg er auf, bis es nicht mehr weiterging. Doch auch der Weg zurück war ihm auf einmal versperrt.

Der Wind frischte auf, verzweifelt hatte er sich an den Felsen geklammert. Egal was er tat, ob er weiterkletterte oder ob er umkehrte, er wusste, dass er in beiden Fällen abstürzen würde. Seine Muskeln brannten, die Luft war so dünn, dass er nicht genügend Sauerstoff bekam. Mit aller Kraft hielt er sich fest, aber irgendwann, wenn seine Kräfte nachließen, würde er unweigerlich die Klippe hinunterstürzen. Warum war er überhaupt so hoch hinaufgeklettert?

Da er auch den sicheren Tod vor Augen hatte, wenn er nichts tat, beschloss er, einfach weiterzuklettern, auch wenn er mit den Händen kaum Halt fand. Er streckte sich und hakte die Fingerspitzen an einem winzigen Vorsprung über seinem Kopf ein. Gerade suchte er nach dem nächsten Halt, da ging die Sonne über dem Bergkamm auf und schien ihm direkt in die Augen.

Mit zusammengekniffenen Augen, schmerzenden Armen und rutschenden Zehen tastete er nach der kleinsten Unebenheit. Ein Schatten fiel über ihn. Er hob den Kopf und sah die Silhouette eines gewaltigen Widders, der von weiter oben auf ihn herunterstarrte. Der Anblick ließ ihn alle Gefahr vergessen, gebannt blickte er die Erscheinung an. Doch dann ließen ihn plötzlich seine Hände im Stich. Mit einem erschrockenen Aufschrei stürzte er ab und raste dem Abgrund entgegen. Kurz vor dem Aufprall war er schweißgebadet aufgewacht.

„Ich war im Gebirge", sagte er. „Den Widder habe ich kurz vor dem Aufwachen gesehen. Er war groß, aber ich musste in die Sonne schauen und konnte daher keine Einzelheiten erkennen."

„Hast du schon einmal mit Dickhornschafen gearbeitet?", fragte Lenori.

„Nein, aber ich habe Bilder von Arax gesehen. Meine Eltern haben eins. Der Widder in meinen Träumen hat genauso ausgesehen."

„Sah er ihm nur ähnlich oder war er tatsächlich Arax?" Conor merkte sofort, dass der Widder Lenori besonders interessierte. Conor wurde verlegen unter Lenoris prüfendem Blick. Schließlich wollte er sich nicht aufspielen und wichtig tun. Dann antwortete er: „Es war nur ein Traum, aber ich glaube, es war wirklich Arax."

„Hast du auch von anderen Großen Tieren geträumt? Von Rumfuss? Tellun? Kennst du sie überhaupt alle?"

Conor lachte verlegen. „Ich weiß, dass es fünfzehn gibt, die Vier Gefallenen und weitere elf. Aber viel mehr weiß ich nicht. Von einigen kenne ich die Namen – der Löwe heißt Cabaro, der Krake Mulop. Und der Widder natürlich Arax. Er ist für die Schäfer besonders wichtig. Wenn ich etwas Zeit hätte, würden mir die anderen vielleicht auch noch einfallen."

„Die Großen Tiere schützen Erdas seit Urzeiten, deshalb sollte jeder von uns sie kennen. Außer den vier bekannten und denen, die du genannt hast, gibt es noch den Elch Tellun, den Schwan Ninani, den Adler Halawir, den Elefanten Dinesh, den Eber Rumfuss, den Eisbären Suka, den Affen Kovo und die Schlange Gerathon."

Beim Klang dieser Namen stellte Briggan die Ohren auf.

„Von den anderen habe ich nicht geträumt, nur von dem Widder. Darf ich fragen, warum dich das so interessiert?"

„Das war sicher kein gewöhnlicher Traum."

Briggan stand auf und blickte Lenori unverwandt an.

„Der Wolf scheint derselben Überzeugung zu sein", sagte Lenori.

Briggan heulte. Conor zuckte zusammen. „Nicht alle Träume sind prophetisch", fuhr Lenori fort. „Es erfordert einige Erfahrung, um die belanglosen von den bedeutsamen zu unterscheiden. Die Träume, von denen Rollan und Meilin berichtet haben, hatten keinen prophetischen Inhalt. Von Meilin hatte ich mir mehr erhofft, aber sie muss wohl erst noch enger mit Jhi zusammenwachsen. Bei dir habe ich mit einem wichtigen Traum gerechnet und du hast mich nicht enttäuscht."

Conor rutschte unruhig auf seinem Stuhl hin und her. „Wieso ausgerechnet ich?"

„Briggan ist dasjenige unter den Großen Tieren, das die größte seherische Begabung hat. Man nennt ihn deshalb auch ‚Rudelführer', ‚Mondläufer' und, besonders bedeutsam: ‚Pfadfinder'."

Conor streckte die Hand aus und kraulte Briggan den von einer struppigen Mähne bedeckten Nacken. „Bist du das wirklich alles?"

Briggan wandte ihm den Kopf zu und zeigte wieder sein wölfisches Grinsen.

„Auch ich habe den Widder Arax vor Kurzem gesehen", sagte Lenori. „Deshalb haben wir uns hier in der Westburg in Amaya versammelt: Diese Festung der Grünmäntel liegt seinem gegenwärtigen Aufenthaltsort am nächsten."

„Du weißt, wo er sich aufhält?", fragte Conor.

„Ich kenne nicht den genauen Ort, aber ich hoffe, dass wir ihn mit vereinten Kräften finden. Bis zur Rückkehr der Großen Tiere hatte jahrelang niemand mehr die Gefallenen gesehen. Arax ist ein Einzelgänger. Er hält sich am liebsten auf Berggipfeln auf und beeinflusst von dort aus Wind und Erde. Bei der Suche nach ihm sollten wir uns nicht auf unser Glück und noch weniger auf unser Geschick verlassen. Der Westen Amayas ist wildes, unwegsames Gebiet. Ohne Hinweise könnten wir es jahrelang absuchen, ohne je in Arax' Nähe zu gelangen."

Lenori schwieg einen Moment, dann sagte sie leise: „Bist du bereit, eine Wachvision zu versuchen?"

„Ich?", fragte Conor. Er war doch kein Prophet. „Was genau meinst du?"

„Vielleicht kann uns Briggan mit deiner Hilfe etwas mitteilen, was er von fern sieht. Du kannst sein Sprachrohr sein."

Conor rieb sich die Augen. „Aber wie soll ich das anstellen?"

Lenori stand auf, kniete sich vor ihn und nahm seine Hände in die ihren. Er musste sich zwingen, ruhig weiterzuatmen.

„Obwohl einige Grünmäntel es nicht wissen, haben Seelentiere noch andere Aufgaben, als uns im Kampf zu unterstützen. Schnell zu laufen und hoch zu springen – das ist noch das Wenigste, was wir von ihnen lernen können. Wenn du dich entspannst, kann ich dir vorführen, was möglich ist."

„Ich werde es versuchen", sagte Conor. Doch solange Lenori seine Hände hielt, konnte er sich unmöglich entspannen.

Sie schien das zu spüren, denn sie ließ ihn los. „Du darfst nichts erzwingen", warnte sie ihn. „Entspanne dich und betrachte Myriam, meinen Regenbogenibis. Sieh sie an, wie du ein loderndes Lagerfeuer in einer einsamen Nacht betrachten würdest."

Der Vogel auf der Stange breitete seine bunten Flügel aus. Dazu bewegte er sich ein paarmal auf und ab, sein leuchtendes Gefieder brachte ganze Farbkaskaden hervor. Conor konzentrierte sich jedoch nicht auf einen bestimmten Punkt, sondern richtete seine Aufmerksamkeit auf die Gestalt im Ganzen.

Lenori sprach unterdessen weiter, aber Conor verlor sich im Rhythmus ihrer Worte. Sie sprach in einem melodischen Auf und Ab, das ihn beruhigte. Wie aus der Ferne nahm er wahr, dass Briggan sich im Kreis drehte, erst in der einen Richtung, dann in der anderen. Dann wurde Conor schläfrig. Er zwinkerte mehrmals, aber es half nichts. Im Gegenteil, alles um ihn herum wurde immer unschärfer. Er blickte in einen nebligen Tunnel. Woher war der Tunnel gekommen? Conor flog durch den Nebel, ohne dass er das Gefühl hatte, sich zu bewegen. Am Ende des Tunnels sah er einen Grizzlybären und einen Waschbären über eine weite, braune Ebene laufen. Er beschleunigte durch bloße Willensanstrengung, bis er neben den beiden dahinglitt.

Er spürte keinen Wind im Gesicht, nichts, was auf eine Bewegung hingedeutet hätte. Aber der zottelige Grizzly und der Waschbär rannten schnell. Beide hielten den Blick auf den Horizont gerichtet. Dort erhob sich ein gewaltiges Gebirge. Auf einem fernen Grat stand im Sonnenglanz der große Widder. Kaum hatte Conor ihn entdeckt, spürte er einen Sog von hinten. Gegen seinen Willen tauchte er wieder in den nebligen Tunnel ein und die Tiere vor ihm schrumpften zu Punkten in der Ferne. Der Tunnel stürzte ein und löste sich auf.

Conor wurde auf einmal bewusst, dass Lenori, Briggan und der Ibis ihn anstarrten. Er fröstelte und hatte einen merkwürdig pelzigen Geschmack im Mund, als ob er lange geschlafen hätte.

„Was hast du gesehen?", fragte Lenori ernst.

„Wie bitte?" Ihm war schwindlig. „Ich … ich habe einen Waschbären und einen großen zotteligen Bären gesehen. Sie rannten auf ein Gebirge zu. Dort stand Arax auf einem hohen Felsen. Die Bären wollten offenbar zu ihm."

„Einen kleinen und einen großen Bären", wiederholte Lenori. „Sonst noch etwas?"

„Sonst ist mir nichts aufgefallen. Ich habe eigentlich nur auf die beiden Bären geachtet. Und ich bin durch einen langen Tunnel geflogen."

Lenori lächelte triumphierend, nahm seine Hand und drückte sie. „Gut gemacht, Conor. Ich glaube, du hast den Pfad gefunden, den wir gehen müssen."

Keine Stunde später wurde Conor an einem Dutzend bewaffneter Wächter vorbei durch eine Reihe von Doppeltüren in einen hohen Raum mit zugezogenen Vorhängen geführt. Dort erwarteten ihn Olvan, Lenori, Tarik, Rollan und Meilin mit ihren Seelentieren. Tariks Otter trippelte munter durch den Raum und kletterte auf Möbel und Regale. Tarik und Lumeo waren ein seltsames Paar, denn der hochgewachsene Grünmantel wirkte immer so ernst. Olvans Elch stand am Kamin. Man sah ihm an, dass er eigentlich nach draußen gehörte. Der vornehm möblierte Raum ähnelte dem Arbeitszimmer des Grafen von Trunswick, war aber noch größer.

Olvan stand auf, rieb seine großen Hände aneinander und ließ seinen eindringlichen, wissenden Blick durch das Zimmer wandern. Obwohl Kopfhaar und Bart ergraut waren, verrieten die breite Brust und die kräftigen Arme jugendliche Energie. Conor konnte sich nur zu gut ausmalen, wie majestätisch Olvan aussah, wenn er auf seinem Elch an der Spitze seiner Truppen in die Schlacht ritt.

Der Anführer der Grünmäntel räusperte sich geräuschvoll. „Ich weiß, dass wir euch, was eure Aufgabe betrifft, bis jetzt im Ungewissen gelassen haben. Ihr könnt mir das vorwerfen – aber ich kenne lieber die ganze Geschichte, bevor ich sie anderen erzähle. Ein Grünmantel zu werden, ist nur der erste Schritt auf dem Weg zum eigentlichen Ziel, dem hoffentlich auch ihr dienen werdet. Aber angesichts der jüngsten Entwicklungen" – er wies mit einem Nicken auf Conor – „ist jetzt die Zeit des Handelns gekommen."

Er trat zum Kaminsims und wandte sich wieder zu den anderen um. Sein Gesicht war ernst. „Vor vielen Hundert Jahren haben die vier Völker von Erdas im letzten weltweiten Krieg gegen den Großen Schlinger und seine Armee gekämpft. Zwei Große Tiere haben dem Schlinger geholfen – der Affe Kovo und die Schlange Gerathon –, vier waren auf unserer Seite. Drei von ihnen sind heute hier anwesend."

Olvan machte eine Pause, um seine Worte wirken zu lassen. Conor, der sich den anderen unterlegen fühlte, sah Briggan an. Der Wolf lauschte aufmerksam.

„Als Essix, Briggan, Jhi und Uraza damals Partei ergriffen, waren wir schon dabei, den Krieg zu verlieren. Die Kämpfe hatten sich über alle Kontinente ausgebreitet. Nilo und Zhong standen kurz vor dem Fall. Wer konnte, floh nach Eura oder Amaya, doch wurden auch diese Reiche bedrängt. Ganze Städte wurden ausradiert, die Menschen hungerten. Es war nur noch eine Frage der Zeit, bis der Große Schlinger sich zum Sieger erklären würde.

Wir Grünmäntel waren damals noch eine junge Organisation, aber als vier Große Tiere sich auf unsere Seite stellten, strömten uns die Gezeichneten scharenweise zu. Die Grünmäntel taten, was bis dahin niemand gewagt hatte – sie griffen ihrerseits den Großen Schlinger an. Die vier Großen Tiere gaben im Kampf ihr Leben, weshalb man sie auch die Vier Gefallenen nennt. Aber auch der Schlinger fiel und Kovo und Gerathon wurden gefangen genommen. Der Krieg forderte viele Opfer, aber die vier Völker siegten und machten sich daran, ihre Länder wiederaufzubauen."

„Wo waren die restlichen Tiere?", fragte Rollan. „Also die anderen neun?"

Olvan zuckte mit den Schultern. „Angesichts des Schadens, den zwei von ihnen angerichtet hatten, boten einige gegen Ende des Krieges ihre Hilfe an. Der Elch Tellun, der stärkste von allen, nahm Kovo und Gerathon wegen ihrer Verbrechen gefangen und der Schwan Ninani schenkte den Grünmänteln das Geheimnis der Nektarherstellung. Die Übrigen … Nun, die Großen Tiere sind nur schwer zu durchschauen. Selten sind sie einer Meinung, ihre Absichten nur schwer zu erraten. In menschliche Auseinandersetzungen greifen sie nur dann ein, wenn Erdas ernsthaft Gefahr droht."

„Der Schlinger galt nicht als ernsthafte Gefahr?", fragte Rollan verwundert.

Olvan seufzte. „Tja, das kann man nur schwer verstehen. Vielleicht wollten einige Große Tiere vor allem ihr eigenes Gebiet schützen oder ihren Talisman."

Conor sah Lenori fragend an.

„Jedes Große Tier besitzt einen ganz besonderen Talisman", erklärte Lenori. „Ein Totem, dem eine große Macht innewohnt."

„Mit Ausnahme von Kovo, Gerathon und den Gefallenen Tieren", ergänzte Meilin. „Ihre Talismane verschwanden nach dem Krieg. Einige glauben, Tellun habe den Adler Halawir gebeten, sie zu verstecken."

„Bravo", sagte Olvan, „du hast in Geschichte gut aufgepasst. Das Wirken der Großen Tiere wird oft als Legende abgetan. Ich freue mich, dass es in Zhong Menschen gibt, die ihre Taten für mehr als nur ein Märchen halten."

Meilin wurde ein wenig rot. „Mein Kindermädchen hat mir von den Großen Tieren erzählt, aber keiner meiner Lehrer."

Olvan runzelte die Stirn. „Die Großen Tiere sind lange Zeit nicht mehr gesehen worden. Wir ehren die Gefallenen auf unseren Fahnen, malen Bilder, errichten Statuen und erzählen Geschichten über sie, aber für die meisten Menschen gehören die Großen Tiere in eine längst vergangene Zeit. Viele bezweifeln sogar, dass es sie überhaupt jemals gegeben hat."

„Zu diesen Leuten habe ich gehört", sagte Rollan. „Bis Essix kam."

Olvan nickte. „Ich kann es dir nicht verdenken. Selbst der Ministerpräsident von Amaya, die Königin von Eura, der Kaiser von Zhong und der Oberste Stammesführer von

Nilo glauben nicht mehr recht an sie. Und doch haben die Großen Tiere an den Wendepunkten unserer Geschichte immer eine bedeutende Rolle gespielt. Gegenwärtig steuern wir auf eine Krise zu, in der sie wichtiger werden könnten denn je."

„Du glaubst, der Schlinger ist zurückgekehrt?", fragte Meilin. Sie zitterte vor lauter Aufregung am ganzen Körper. „War er es, der Zhong angegriffen hat? Warum hat uns niemand gewarnt?"

„Wir hatten nur einen Verdacht", sagte Olvan traurig. „Ich habe Könige und Anführer der einzelnen Völker gewarnt, aber ich kann niemanden zwingen, meinem Rat zu folgen."

„Wir haben bisher nur ein bruchstückhaftes Bild", ergänzte Lenori.

Olvan nickte. „Wir bekommen täglich neue Informationen. Wir sind noch nicht einmal sicher, ob jener Schlinger wiedergekommen ist, der damals einen Großteil von Erdas verwüstet hat, oder ob nun ein Nachfolger sein Unwesen treibt. Fest steht nur eins – unser Gegner kann in kürzester Zeit eine riesige, schlagkräftige Armee ausheben. Er ist listig und verschlagen, aber auch direkt und ungestüm. Seine Anhänger erzieht er zu bedingungslosem Gehorsam. Am liebsten würde er die ganze bewohnte Welt auslöschen und über ihre Asche herrschen."

„Und was sollen wir tun?", fragte Conor.

Olvans Blick wanderte der Reihe nach zu Conor, Meilin

und Rollan. „Von unseren Spionen wissen wir, dass der Schlinger alle Talismane in seinen Besitz bringen will. Jeder Talisman besitzt besondere Kräfte, die von einem Gezeichneten eingesetzt werden können. Unser Feind will diese geballte Macht gegen uns wenden. Wir müssen ihm also zuvorkommen und die Talismane finden."

„Moment", sagte Rollan und wurde blass. „*Wir* sollen die Talismane der Großen Tiere in Sicherheit bringen?"

„Nicht ihr allein", sagte Olvan. „Tarik, unser bester Krieger, wird euch führen und beschützen. Ihr seid leider alle noch sehr jung, aber eure Verbindung mit den Gefallenen wird uns helfen, die Talismane aufzuspüren. Sie könnten den Verlauf des Krieges entscheidend beeinflussen. Erdas braucht euch."

Erst allmählich wurde Conor bewusst, was da von ihnen verlangt wurde. Schwindel erfasste ihn. Wie sollte er gegen ein Großes Tier bestehen? Die Mission war mehr als gefährlich. Olvan hatte praktisch das Todesurteil der Kinder gesprochen.

Conor streckte die Hand nach Briggan aus und der Wolf rieb sich an seiner Hand. Nur Briggan konnte Arax finden. Conor versuchte, sich selbst Mut zu machen. Olvan hatte Recht: Die Grünmäntel mussten dem Schlinger zuvorkommen. „Wir werden alles tun, was in unserer Macht steht", versprach er. Seine Stimme zitterte ein wenig.

Rollan sah ihn böse an. „Du kannst nicht einfach für uns alle sprechen."

„Ich meinte ja auch nur mich und Briggan", ergänzte Conor hastig und wurde rot.

„Dann bin ich ja beruhigt." Rollan wandte sich an Olvan. „Ich verstehe, warum ihr uns braucht. Aber was springt für uns dabei heraus? Außer dass wir unser Leben riskieren."

„Als Grünmäntel seid ihr dazu verpflichtet", sagte Lenori ruhig. „Ihr bekommt denselben Lohn wie wir: Die Gewissheit, Erdas verteidigt und für das Gute gekämpft zu haben."

„Ich bin kein Grünmantel", sagte Rollan. „Vielleicht werde ich auch nie einer."

„Aber wir machen mit, Jhi und ich", sagte Meilin und strafte Rollan mit einem verächtlichen Blick. „Ich brenne darauf, etwas zu bewegen. Und ich weiß sehr wohl, was auf uns zukommt. Zhong hat die beste Armee der Welt und wurde trotzdem überrannt. Wir dürfen nicht zulassen, dass die Eroberer noch mehr Macht bekommen. Wir müssen sie aufhalten. Es ist mir eine Ehre, mit euch zusammen Erdas und damit auch meine Heimat zu verteidigen."

Conor betrachtete Meilin bewundernd und ein wenig eingeschüchtert. Er hatte keine Ahnung, was für Gefahren auf sie zukamen, aber wenigstens mussten er und Briggan sie nicht allein bestehen. Für wen hielt Rollan sich? Was für eine Belohnung wollte er?

Rollan seufzte. „Und wenn ich kein Grünmantel werden will?"

„Wie egoistisch kann man eigentlich sein?", fauchte Meilin. „Zhong wird angegriffen und der Rest von Erdas bald auch. Was für eine Belohnung verdient ein Feigling, der nicht kämpfen will?"

„Als Essix mir noch nicht erschienen war, hat sich niemand für mich interessiert", erwiderte Rollan scharf. „In meiner Heimatstadt gibt es viele Waisen wie mich, und ich wäre Olvan vollkommen egal gewesen, wenn ich nicht ein so mächtiges Seelentier gehabt hätte. Nur deshalb hat er den weiten Weg gemacht, um mich zu holen. Vielleicht wundere ich mich ja auch, warum nur Gezeichnete zu den Grünmänteln gehören. Vielleicht frage ich mich, warum ausgerechnet sie für die Großen Tiere und die Talismane zuständig sind. Und vielleicht lasse ich mich im Unterschied zu dir einfach nicht gern in Situationen bringen, die ich nicht überblicke! Ich will genau wissen, für wen ich arbeite und warum."

Olvan warf Tarik und Lenori einen Blick zu. Dann trat er ganz nah zu Rollan hin. Der Grünmantel überragte den Jungen um Kopfeslänge. In ruhigem, beherrschtem Ton sagte er: „Ich verstehe, dass du dir mit einer so wichtigen Entscheidung Zeit lassen willst. Aber glaub mir, wenn du erst mal einer von uns bist, wirst du keine Sekunde mehr an unseren guten Absichten zweifeln. Die Großen Tiere entziehen sich unserer Macht. Nur ihr könnt sie für die Sache Erdas' gewinnen. Zusammen werden wir das letzte Bollwerk im Kampf um Erdas sein."

„Und was tun die Herrschenden?", fragte Rollan. „Der Ministerpräsident und all die anderen?"

Olvan schüttelte den Kopf. „Sie beschließen Gesetze und

zwingen die Menschen dazu, sie einzuhalten. Sie streiten um Handelsvorteile, manchmal kämpfen einzelne Länder gegeneinander. Aber das ist nur Gezänk, menschliches Gezänk. Wir Grünmäntel dagegen haben die Begabung, das große Ganze zu sehen, denn wir sind mit einem Seelentier beschenkt worden. Deshalb werden wir Erdas mit unserer ganzen Kraft verteidigen."

Rollan presste die Lippen zusammen. „Ich will natürlich auch nicht, dass Erdas untergeht." Er überlegte. „Kann ich euch helfen, ohne gleich ein Grünmantel zu werden?"

„Ich mache dir einen Vorschlag", sagte Olvan. „Wir arbeiten oft mit Gezeichneten zusammen, die unser Gelübde nicht ablegen wollen. Wir weihen sie deshalb nicht in unsere innersten Geheimnisse ein. In deinem Fall aber wäre das durch die besonderen Umstände gerechtfertigt."

„Lass mich noch einmal darüber schlafen", sagte Rollan.

Conor wandte sich ab und schloss die Augen. Egal ob Rollan mitkam oder nicht, er jedenfalls würde morgen in die Wildnis aufbrechen, um eins der sagenumwobenen Tiere zu suchen. Er beugte sich zu seinem Wolf hinunter und flüsterte: „Auf was haben wir uns da bloß eingelassen?"

Traum

Meilin spazierte auf einem hölzernen Steg durch einen gepflegten Garten. In der Hand hielt sie einen zierlichen Sonnenschirm. Auf einer Brücke, die einen Bach zwischen zwei Teichen überspannte, blieb sie stehen. Unten im Wasser zogen Zierkarpfen träge ihre Kreise. Das Schuppenkleid der Fische leuchtete rot, orange, gelb und weiß zwischen den tiefroten Seerosenblüten hervor.

Das Haus lag hinter Bäumen und Büschen verborgen, aber Meilin wusste, dass dies der Garten ihres Großvaters Xao war. Als Kind hatte sie oft auf diesen Wegen gespielt.

Ein Panda kam ihr entgegen. Meilin runzelte die Stirn. Er gehört doch nicht hierher, dachte sie. Auf der Brücke angekommen, richtete sich das mächtige Tier auf den Hinterbeinen auf. „Du hast Sehnsucht nach Zhong", sagte der Bär mit volltönender Stimme. Meilin war nicht im Geringsten überrascht, dass er sprechen konnte.

Da fiel ihr plötzlich wieder alles ein, was ihr in letzter Zeit geschehen war: Lenori hatte sie aus Zhong weggeholt. Während ihr Vater gegen eine Horde von Barbaren gekämpft hatte, war sie auf die andere Seite der Welt geflohen – nach Amaya, in das Neue Land.

Aber wie war sie auf einmal in Xaos Garten gekommen? Das konnte nicht sein. Sie träumte nur.

Sie blickte den Panda neugierig an. „Bist du Jhi?"

Die Pandabärin nickte. „Tut mir leid, dass ich dich enttäuscht habe."

„Nein, ich ...", begann Meilin, sprach den Satz aber nicht zu Ende. Sie seufzte. „Wir haben Krieg. Ich hatte auf ein Seelentier gehofft, das mir im Kampf beistehen kann. Ich mag dich, aber ... meine Heimat und mein Vater sind in Gefahr."

„Gib mir eine Chance. Vielleicht nütze ich dir mehr, als du glaubst."

„Lenori sagte, du seist ein geschickter Heiler. Du würdest auch ‚Friedensfinder' und ‚Gesundmacher' genannt."

„Ich habe auch noch andere Namen. Aber jetzt geh ins Haus, Meilin. Dieses Wetter ist nichts für einen Spaziergang."

Meilin blickte zum Himmel auf, aus dem hell die Sonne schien. Nur in der Ferne trieben ein paar zarte Faserwölkchen. „Warum denn, es ist doch ein strahlender Tag!"

„Dies ist kein Ort für dich", sagte die Pandabärin.

Ein Schauer überlief Meilin und sie blickte sich misstrauisch um.

„Mach die Augen zu", sagte Jhi. „Lass dich nicht durch das täuschen, was du siehst. Konzentriere dich."

Meilin gehorchte und auf einmal wurde ihr sehr kalt. Zitternd schlang sie die Arme um den Oberkörper. Sie öffnete die Augen, doch Garten und Wetter waren unverändert. Jhi starrte sie an.

„Ich friere", sagte Meilin.

„Dies ist kein Ort für dich", wiederholte die Bärin.

Meilin drehte sich um und rannte auf dem hölzernen Steg zurück. Ihre Haut fühlte sich kalt und feucht an. Als sie sich dem Haus näherte, dachte sie: Vielleicht ist der Traum einfach zu Ende, wenn ich den Garten verlasse.

Doch sie musste feststellen, dass die Haustür verschlossen war. Sie rüttelte am Griff und drückte mit der Schulter gegen die Tür, doch nichts tat sich.

Meilin hielt inne. Wieder bekam sie Gänsehaut. Wenn das hier nur ein Traum war, brauchte sie sich doch bloß vorzustellen, dass sie genug Kraft hatte, um die Tür zu öffnen. Denn im Traum, so sagte man ja, sei alles möglich. Sie trat ein paar Schritte zurück, nahm Anlauf und warf sich mit aller Macht gegen das Holz.

Der Aufprall tat weh und fühlte sich ganz und gar nicht wie im Traum an. Sie taumelte zurück und ging zu Boden.

Im selben Augenblick erwachte sie mit einem Ruck und sah sich verwirrt um. Es war dunkel und regnete in Strömen und ihr Nachthemd war tropfnass. Im gedämpften Licht des Mondes konnte sie erkennen, dass sie auf dem von Zinnen gesäumten Dach eines Hauses lag. Sie war auf der Westburg! Aber was hatte sie hier oben mitten in der Nacht und im strömenden Regen zu suchen?

Frierend und vollkommen durchnässt richtete sie sich auf. Vor sich sah sie eine massive Holztür, die nass glänzte vom Regen. Sie drehte am Türgriff. Vergeblich. Die Tür war abgeschlossen. Ihre Schulter schmerzte noch von dem unglücklichen Versuch, sich gewaltsam Zutritt zu verschaffen.

Schon zum dritten Mal seit der Erscheinung Jhis war sie schlafgewandelt. Sie hatte dabei zwar noch nie einen so seltsamen Traum gehabt, aber schon zweimal hatte sie sich beim Aufwachen an ungewöhnlichen Orten wiedergefunden und merkwürdige Dinge getan. Doch so verrückt wie diesmal war es noch nie gewesen.

Ob jemand sie hören würde, wenn sie schrie und mit den Fäusten gegen die Tür hämmerte?

Sie hatte Lenori anvertraut, dass sie manchmal schlafwandelte. Vielleicht sei das ihre ganz besondere Art, sich mit ihrem Seelentier anzufreunden, hatte die weise Frau vermutet. Sie habe da schon die verrücktesten Reaktionen erlebt: heftige Albträume, Stimmungsumschwünge, Panikanfälle und sogar Hautauschläge kämen ziemlich häufig vor. Schlafwandeln sei da gar nichts Ungewöhnliches.

So was Lächerliches! Meilin klapperte vor Kälte mit den Zähnen. Verzweifelt trommelte sie gegen die Tür und schrie, aber niemand schien sie zu hören. Der Wind frischte auf, sodass sie vor Kälte wimmerte. Um sich aufzuwärmen, stampfte sie mit den Füßen auf und schlenkerte mit den Armen.

Da hörte sie, wie ein Riegel zurückgeschoben wurde. Die Tür ging auf.

Doch die Öffnung blieb dunkel. „Hallo?", rief Meilin leise und spähte zögernd hinein. Die Hände hatte sie zu Fäusten geballt.

Ein Blitz durchzuckte den Himmel und warf ein Schlaglicht auf eine gedrungene Gestalt.

„Jhi?", fragte Meilin. Es donnerte. Hinter der Tür war wieder alles dunkel. „Bist du das?"

Die Pandabärin gab keine Antwort. Meilin kam sich dumm vor, weil sie eine erwartet hatte. War ja klar, dass sie nur im Traum sprechen konnte! Sie trat rasch ins Trockene, schloss die Tür hinter sich, kniete sich hin und umarmte den Panda. Er war ganz warm. Meilin verharrte lange so, vergrub das Gesicht in dem dicken Fell und sog Jhis Geruch ein, der ihr vertraut schien wie nie zuvor.

„Ich war wieder im Schlaf unterwegs", flüsterte sie. „Diesmal hätte es beinahe böse geendet. Danke, dass du mich gesucht hast."

Die Pandabärin blieb still, aber Meilin hatte trotzdem das Gefühl, dass sie sie verstanden hatte. Sie stand auf und tastete sich mit der Hand an der Wand entlang durch die Dunkelheit. „Lass uns wieder schlafen gehen."

GAR

„Abeke!", rief Shane. „Abeke, wo bist du?"

Abeke saß stumm auf ihrem Baum. Sie verzog den Mund zu einem triumphierenden Lächeln. Uraza lag bewegungslos neben ihr auf einem Ast.

Unten kam Shane suchend näher. „Jetzt ist wirklich nicht die Zeit für Versteckspiele! Kannst du dich an die wichtigen Besucher erinnern, von denen ich dir erzählt habe? Sie sind angekommen! Wir dürfen sie nicht warten lassen."

Seit ihrer Ankunft auf der Insel hatte Shane immer wieder mit großer Ehrfurcht von diesen Gästen gesprochen.

In vieler Hinsicht war Shane der erste echte Freund, den Abeke hatte. Sie verdankte ihm nicht nur ihr Leben, er trainierte sie auch in der Technik des Kämpfens, beschützte sie – und manchmal konnte er sogar lustig sein. Er bewunderte sie für ihr Geschick als Jägerin, ihre Stärke, ihren lautlosen Gang – Eigenschaften, auf die auch sie selbst stolz war.

Nur von ihrer Mutter hatte sie sich ähnlich angenommen gefühlt.

Doch kamen ihr Shanes Leute komisch vor. Sie trugen keine grünen Mäntel, waren aber offenbar gut organisiert. Sie hatten Schiffe, eine große Burg und viele gut ausgebildete Soldaten. Und alle waren mit einem Seelentier verbunden. Wer waren sie und warum versetzten sie Uraza so sehr in Unruhe? In letzter Zeit hatte sie es jedoch aufgegeben, Shane mit Fragen zu bedrängen, denn sie fürchtete die Antworten.

Aber das war nicht der Hauptgrund, warum sie sich jetzt versteckte.

„Also gut", sagte Shane, „ich gebe es ja zu. Du wirst immer besser. Ihr beide könntet euch wahrscheinlich in alle Ewigkeit auf dieser Insel vor mir verstecken."

„Nur das wollte ich hören", sagte Abeke.

„Da bist du ja!", rief Shane. „Du hast dir wirklich den allerschlechtesten Zeitpunkt für deine Spielchen ausgesucht."

Abeke kletterte von ihrem Baum herunter. Uraza landete neben ihr. „Da du jetzt endlich einsiehst, dass ich besser bin als du, konnte es keinen besseren Moment geben."

„Ihr zwei seid allmählich ein richtig gutes Team", sagte Shane. „Unsere Gäste werden sich freuen."

„Sind sie wirklich da?", fragte Abeke, die einen Vorwand witterte.

„Sie warten schon auf uns."

Abekes Herz begann laut zu pochen. Sie hoffte, dass er ihre Aufregung nicht bemerkte. „Geh du voraus."

Sie gingen in Richtung Burg. „Es wäre besser, wenn du Uraza in den Ruhezustand versetzen würdest."

„Wollen die Besucher sie denn nicht sehen?", fragte Abeke.

„Wenn du Uraza in den Ruhezustand bringst, beweist du damit, wie gut du dich mit ihr verstehst. Außerdem erweist du den Besuchern Respekt, indem du Feindseligkeiten vorbeugst. Viele Seelentiere vertragen sich nicht besonders gut mit Ihresgleichen. Wenn du Uraza herumpirschen lässt, würdest du die Gäste dazu zwingen, ihrerseits ihre Tiere in den Ruhezustand zu versetzen. Das wäre unhöflich von dir."

Abeke verstand, was er meinte, konnte aber nicht einsehen, dass sie Uraza bändigen musste und die anderen ihre Tiere frei herumlaufen lassen durften. Aber sie wollte Shane nicht vor den Kopf stoßen. Also streckte sie den Arm aus und rief Uraza. Und noch bevor sie das massive Eisentor der Burg passierten, hatte sich die Leopardin mit einem grellen Blitz in ein harmloses Tattoo verwandelt.

Im Hauptgebäude angekommen, stiegen sie gleich die Treppe zum großen Saal hinauf. Die schwere Doppeltür wurde von zwei fremden Wachen flankiert. Sie verbeugten sich vor Shane und ließen die beiden passieren.

Die Neuankömmlinge hatten sich am anderen Ende des Saals versammelt. Dort stand ein Thron, auf dem ein majestätisch anmutender alter Mann saß. Er hatte ein zerfurchtes

Gesicht, graue Schläfen und ein vorspringendes Kinn. Auf dem Kopf trug er ein Diadem in der Form einer Schlange, die sich in den eigenen Schwanz biss. Seine dunklen Augen unter den buschigen Brauen waren unverwandt auf Abeke gerichtet.

Vor seinem Thron lag ein riesiges Krokodil. Abeke hatte nicht gewusst, dass Krokodile so groß werden konnten. Es war von der Schnauze bis zur Schwanzspitze länger als fünf ausgestreckt hintereinanderliegende erwachsene Männer.

„Ein König!", murmelte sie, an Shane gewandt.

„Genau", murmelte er zurück. „Darum benimm dich entsprechend."

Auf der einen Seite des Königs saß auf einem Hocker ein verhutzeltes, in grobe Lumpen gekleidetes Weiblein. Aus seinem Mundwinkel troff Speichel. Auf der anderen Seite stand Zerif. Er war noch vornehmer gekleidet als bei ihrer ersten Begegnung und hatte die Haare mit Pomade nach hinten gekämmt.

„Zerif!", rief Abeke. Vor lauter Staunen über den Mann auf dem Thron und sein Krokodil hatte sie ihren Beschützer nicht gleich erkannt.

Zerif nickte höflich. „Ich habe dir ja versprochen, dass wir uns wiedersehen." Er wandte sich zum Thron. „Darf ich dir General Gar vorstellen, den König der Verlorenen Lande. Das ist Abeke, die Uraza gerufen hat."

„Eine große Leistung", sagte der Mann auf dem Thron mit befehlsgewohnter Stimme.

„Ist das dein Seelentier?", fragte Abeke.

General Gar hob die Augenbrauen. „In der Tat. Ein Salzwasserkrokodil vom Kontinent Stetriol."

Abeke runzelte die Stirn. Stetriol? Erdas bestand aus vier Kontinenten, aber keiner davon hieß Stetriol. Mit einem Frösteln ließ sie den Blick über den schuppigen Riesenkörper wandern. Bisher hatte sie nur von einer Person gehört, die ein solches Krokodil als Seelentier hatte: dem Großen Schlinger.

„Woran denkst du, Abeke?", fragte General Gar. „Sprich frei heraus."

„Ach, es ist nur ..." Sie zögerte. „Meines Wissens hat kaum ein Mensch ein so großes Krokodil als Seelentier."

„Genau genommen nur einer." Der General lächelte wissend und machte eine wegwerfende Handbewegung. „Ständig hört man diese Geschichten: Der Große Schlinger soll ein Salzwasserkrokodil als Seelentier gehabt haben. Aber er ist längst tot. In Erdas mag es selten sein, aber in Stetriol ist ein solches Seelentier nichts Ungewöhnliches."

Abeke sah Shane an und dann Zerif. Die beiden schienen nicht weiter beunruhigt. „Ach so."

„Das stimmt, Abeke", bestätigte Shane. „In den Geschichtsbüchern taucht Stetriol nicht auf, aber diesen Kontinent gibt es wirklich. Ich wurde dort geboren."

„Shane hat Recht", versicherte auch Zerif. „Die Grünmäntel, die diese Bücher geschrieben haben, haben Stetriol absichtlich nicht erwähnt. Und das aus gutem Grund: Sie haben furchtbare Verbrechen an den Menschen dieser Gegend verübt."

Abeke blickte Zerif misstrauisch an. „Du hast doch gesagt, du würdest mit den Grünmänteln zusammenarbeiten."

„Das tue ich auch gelegentlich. Es gibt unter ihnen auch gute Menschen. Andere jedoch sind falsch und streben nach der Weltherrschaft. Aber hör gut zu: Niemand kennt den Schlinger besser als die Menschen von Stetriol – unseren Kontinent hat er damals zuerst erobert. Wir waren sehr dankbar, als die Grünmäntel uns von seiner Schreckensherrschaft befreit haben, aber dann wandten sie sich gegen uns, gegen unsere Frauen und Kinder. Sie wollten alles Leben auf Stetriol auslöschen, als wäre die Bevölkerung an den Gräueltaten des Schlingers schuld. Nur wenige von uns, die sich verstecken konnten, sind schließlich entkommen." Zerif fixierte Abeke mit seinen schwarzen Augen. „Später schämten die Grünmäntel sich für ihre Verbrechen und taten so, als hätte es Stetriol nie gegeben. Sie haben den Kontinent von der Landkarte und aus den Geschichtsbüchern gestrichen. Aber die Überlebenden hatten Nachkommen. General Gar ist ihr König."

Für Abeke war das alles neu, aber es klang einleuchtend.

„Natürlich wunderst du dich jetzt", sagte General Gar. „Vielleicht glaubst du sogar, wir seien deine Feinde, denn so nennen die Grünmäntel alle, die nicht zu ihnen gehören. Aber nichts könnte weiter von der Wahrheit entfernt sein."

Abeke hatte bisher nur einen Grünmantel kennengelernt, Chinwe. Sie hatte ihre Geheimnisse, war aber immer bereit gewesen, den Dorfbewohnern zu helfen. In den Geschichtsbüchern waren die Grünmäntel immer die Guten, aber wenn sie diese Bücher selbst geschrieben hatten …

General Gar veränderte seine Sitzhaltung und hob die Augenbrauen. „Doch der Krieg ist lange her. Wir haben nichts gegen die Grünmäntel. Die Barbaren, die unsere Vorfahren ermordet haben, sind längst tot. Dennoch haben wir Probleme, ihren Nachfahren zu vertrauen. Sie wollten uns schon einmal ausrotten und wir fürchten einen erneuten Angriff. Deshalb versuchen wir auch seit Jahrhunderten, ohne den Nektar auszukommen. Wir haben Angst, sie könnten uns Gift hineinmischen. Das bedeutet allerdings, dass jeder von uns, der ein Seelentier hat, von schwerer, manchmal sogar tödlicher Krankheit bedroht ist. Sie ist eine Nebenwirkung der Bindung und kann nur durch den Nektar bekämpft werden."

Abeke sah wieder Shane an. „Das ist ja schrecklich! Du hast dich …"

„… ohne den Nektar gebunden." Shane nickte. „Ich gehörte zu den Glücklichen, die gesund sind. Viele meiner Freunde und Angehörigen hatten jedoch weniger Glück." Überrascht entdeckte Abeke einen feuchten Glanz in seinen Augen. Noch nie hatte er so verletzlich gewirkt.

„Wir wollen den Grünmänteln nichts Böses", sagte General Gar. „Auch nicht den anderen Völkern von Erdas. Wir wollen nur unsere Leute vor den schlimmen Nebenwirkungen der natürlichen Bindung bewahren. Unser Problem ist, dass ausschließlich die Grünmäntel über den Nektar verfügen und dass sie die Menschen von Erdas mithilfe dieses Monopols unterdrücken. Die Grünmäntel sollten den Nektar allen Menschen zugänglich machen."

„Aber sie teilen ihn doch mit den anderen", sagte Abeke und dachte an Chinwe.

„Die friedlich gesinnten Grünmäntel ja", stimmte General Gar zu. „Allerdings nur zu ihren Bedingungen. Im Gegenzug verlangen sie Macht und Einfluss. Andere behalten den Nektar für sich. Oder noch schlimmer: Sie verteilen falschen Nektar. In Zhong und Amaya ist dieser Betrug bereits zu einer schrecklichen Plage geworden, die sich zunehmend ausbreitet."

„Das klingt ungerecht", musste Abeke zugeben.

„Eben", sagte Shane. „Aber es wäre zu gefährlich für uns, sie zur Rede zu stellen. Wenn sie erfahren, dass Menschen aus Stetriol überlebt haben, wollen sie uns vielleicht auch noch töten."

„Aber es gibt eine Möglichkeit, wie wir sie zur Vernunft bringen können", warf Zerif ein. „Wusstest du, dass jedes Große Tier einen Talisman besitzt?"

„In den Geschichten meiner Mutter war das zumindest so", sagte Abeke zögernd.

„Die Gezeichneten können die Macht dieser Talismane aufrufen", erklärte Zerif. „Zurzeit sind die Grünmäntel auf der Suche nach den Talismanen. Sie wollen diese magischen Schmuckstücke wie die weltweiten Nektarvorräte in ihren alleinigen Besitz bringen."

„Doch wir werden ihnen zuvorkommen", sagte General Gar. „Denn diese Zauberzeichen werden uns vor den Grünmänteln schützen. Wir können dann offen vor sie hintreten und Forderungen stellen. Wir wollen nicht noch mehr unserer Lieben an die Bindungskrankheit verlieren. Weil wir nur wenige sind, müssen wir für die Talismane alles riskieren. Wir hoffen, dass ihr beide uns helft, Abeke."

„Ich? Wie soll ich euch helfen? Ich weiß doch gar nichts über diese Talismane. Oder ... glaubt ihr, dass auch Uraza einen besitzt?"

„Uraza hat seinen Talisman verloren, als er wie die anderen Gefallenen getötet wurde", sagte Zerif. „Wo diese Talismane geblieben sind, weiß niemand. Shanes Schwester Drina forscht nach ihnen."

„Von dir brauchen wir keine Informationen", sagte General Gar. „Dazu haben wir Yumaris." Er zeigte auf die alte Frau auf dem Hocker. „Ihr Seelentier ist ein Regenwurm. Yumaris hat keinen Kontakt mehr zur ihrer Umwelt, aber sie sieht mit dem inneren Auge. Über sie hat Zerif dich gefunden. Und sie hat vor Kurzem in Amaya einen Talisman aufgespürt. Du sollst uns zusammen mit Zerif und Shane helfen, ihn zu bergen."

„Denk dran: Du kannst mithilfe von Uraza dazu beitragen, dass wieder Frieden einkehrt", fügte Zerif eindringlich hinzu. „Hilf uns, unsere Heimat zu verteidigen und den Nektar für alle verfügbar zu machen, die ihn brauchen."

Abeke runzelte die Stirn. Irgendetwas stimmte hier nicht. Sie vertraute Shane, den Fremden aber nicht. „Ich habe am Strand Leute beobachtet, die Monstertiere erschaffen haben. Wer waren sie?"

General Gar nickte. „Shane hat mir von eurer unglücklichen Begegnung erzählt. Diese Leute gehören nicht zu uns. Sie machen ständig Experimente, um einen Ersatz für den Nektar zu finden. Ich verstehe ihren Wunsch, mag aber ihre grausamen Methoden nicht."

„Das war ein dummer Zufall", fügte Zerif hinzu. „Wir haben sie durch einen Boten aufgefordert, ihre abscheulichen Experimente anderswo zu machen, damit ihr beide, du und Uraza, nicht noch einmal in Gefahr geratet."

Abeke nickte. Jeder hatte das Recht darauf, seine Heimat zu verteidigen. Chinwe hatte die Grünmäntel die ‚Verteidiger von Erdas' genannt, aus dem Nektar aber immer ein großes Geheimnis gemacht. Dabei gehörte sie zu den Guten.

General Gar, Zerif und Shane begegneten ihr sehr höflich und schienen sie außerdem auch wirklich zu brauchen. Sie hatten keine Mühe gescheut, sie zu finden und auszubilden. Vielleicht konnte sie ihnen helfen, wenigstens einige der vermissten Talismane zu beschaffen.

Shane nahm ihre Hand. „Das war jetzt sehr viel auf einmal", sagte er. „Wir ziehen dich damit in unsere Sache mit hinein. Bitte sag, wenn du Bedenkzeit brauchst."

Abeke schüttelte den Kopf. Ein König bat sie um Hilfe und neben dem König stand der Mann, in dessen Obhut sie stand und dem sie vertraute. Sie drückte Shanes Hand. „Ihr könnt auf mich zählen", sagte sie. „Ich werde den Talisman holen."

Felsenstadt

Vier Pferde galoppierten den überwucherten, von struppigen Büschen gesäumten Pfad entlang. Das trockene, hügelige Gelände wurde nur gelegentlich von einem lang gestreckten, gezackten Bergrücken unterbrochen. Rollan ritt als Letzter. Bis vor einer Woche hatte er noch nie auf einem Pferd gesessen. Jetzt, nach einigen Tagen im Sattel, ließen die Schmerzen allmählich nach und er kam besser mit seinem Reittier zurecht. Wie die anderen Streitrösser der Grünmäntel war es nicht nur auf Schnelligkeit und Ausdauer, sondern auch auf Klugheit und Treue gezüchtet worden. Gut, wenn einem Fachleute das richtige Pferd aussuchen, dachte Rollan.

Conor ritt unmittelbar vor ihm. Dann kam Meilin, die Spitze bildete Tarik. Alle drei trugen grüne Mäntel. Rollan hatte einen grauen Mantel von Olvan bekommen.

Mit ihm hatte sich Rollan schließlich geeinigt: Wenn er

den Grünmänteln half, den ersten Talisman zu finden, bekam er so viel Geld, dass er ein ganzes Jahr davon leben konnte. Und er wurde offiziell als Freund der Grünmäntel geführt, sodass er jederzeit auf einer ihrer Burgen übernachten und dort – das war ihm natürlich besonders wichtig – Verpflegung erhalten konnte. Sollten alle Talismane mit seiner Hilfe aufgespürt werden, so würden ihm die Grünmäntel ein Landgut und lebenslangen Unterhalt gewähren. Dabei hatte Olvan allerdings betont, dass Rollan jederzeit auf die Belohnung verzichten und stattdessen den grünen Mantel nehmen könne.

Sie gelangten zur Kuppe eines lang gezogenen, allmählich ansteigenden Hangs. Tarik zügelte sein Pferd und die anderen folgten seinem Beispiel. Essix, die über ihnen ihre Kreise zog, stieß nach unten und landete auf Rollans Schulter. Jhi lief neben Meilin her und Tariks Otter lag zusammengerollt hinter ihm auf dem Sattel, während Briggan unermüdlich neben Conor herlief.

Von der Kuppe aus erblickten sie eine ländliche Siedlung. An den sich kreuzenden, ungepflasterten Straßen reihten sich schiefe Lehmhäuser aneinander. Überall waren Menschen geschäftig mit Karren, Pferden, manchmal auch mit Hunden unterwegs, doch war das Treiben nicht im Entferntesten mit dem Gewimmel in Concorba zu vergleichen. Die Häuser waren klein und nicht wenige machten einen baufälligen Eindruck. Das Dorf war umgeben von einer niedrigen Mauer, die man mühsam aus einer Vielzahl kleiner

Steine errichtet hatte. Dieses Bollwerk kam Rollan geradezu erbärmlich vor.

„Unser erstes Ziel", erklärte Tarik. „Felsenstadt."

„Kieseldorf käme der Wahrheit wohl näher", meinte Rollan spöttisch.

„Der Ort heißt auch Sanabajari", fuhr Tarik fort. „Aber Auswärtige bevorzugen den Spitznamen ‚Felsenstadt'. Hier, im äußersten Westen von Amaya sind die Städte klein. Die spärlich besiedelten Randgebiete des Kontinents sind gefährlich. Nur wenige fühlen sich ihnen gewachsen. Hier wohnt ein robuster Menschenschlag. Man sollte sich deshalb über diese Leute nicht lustig machen."

„Ich verstehe jetzt, warum Amaya auch das ‚Neue Land' heißt", sagte Meilin. „In Zhong lebt niemand mehr so einfach."

„Zhong heißt auch ‚Das von Mauern umschlossene Land'", sagte Tarik. „Das Gebiet innerhalb der Mauer ist hoch entwickelt, aber es gibt Gegenden außerhalb der Mauer, in denen die Menschen mehr als bescheiden leben."

„Und hier in Felsenstadt finden wir den Grizzly und den Waschbären?", fragte Conor.

„Wenn Lenori und Olvan die Vision richtig gedeutet haben", sagte Tarik. „Barlow und Monte sind zwei ehemalige Grünmäntel aus der Westburg. Sie haben ihr Gelübde gebrochen und sich auf Forschungsreise begeben. In den vergangenen fünfzehn Jahren sind sie kreuz und quer durch die unwegsamen Gebiete West-Amayas gereist. Sie kennen den Kontinent wie nur wenige andere. Ich bin ihnen allerdings noch nicht persönlich begegnet. Barlow wird von einem Grizzly begleitet, Monte von einem Waschbären. Vielleicht haben sie auf ihren Reisen Arax gesehen. Jedenfalls hoffen wir das."

„Woher wissen wir, dass sie hier sind?", fragte Rollan.

„Wir wissen es nicht", räumte Tarik ein. „Aber Grünmäntel bleiben meist irgendwie miteinander in Kontakt, auch ehemalige. Zuletzt haben wir gehört, Barlow und Monte hätten in Felsenstadt eine Handelsstation gegründet. Wenn wir sie hier nicht antreffen, finden wir zumindest eine Spur."

Sie ritten hangabwärts, durch eine Lücke in der niedrigen Mauer und in den Ort hinein. Rollan fiel auf, dass die Menschen auf den Straßen und in den Hauseingängen sie mit abweisenden Blicken musterten. Die grünen Mäntel schienen sie besonders misstrauisch zu machen. Es waren fast nur Männer zu sehen, sehnig und wettergegerbt. Sie trugen schäbige, abgenutzte Kleider und hatten struppige Bärte.

Tarik hielt vor dem größten Gebäude der Stadt, einem schmutzig weißen, zweistöckigen Gebäude mit einem braungelben Ziegeldach. Eine überdachte Holzveranda führte um das Haus herum und ein großes hölzernes Schild verkündete, dass sich hier die Handelsstation befand.

Mit einem Blitz verwandelte Tariks Otter sich in ein Tattoo auf Tariks Arm. „Lass deinen Falken aufsteigen", riet der Grünmantel Rollan. „Und du, Conor, lässt Briggan weiter herumlaufen."

„Essix, kannst du …", setzte Rollan an, aber da war der Falke schon aufgeflogen.

„Macht es dir was aus, auf die Pferde aufzupassen?", fragte Conor seinen Wolf.

Briggan schnupperte an Conors Pferd, dann setzte er sich daneben.

„Bekommen wir hier Ärger?", fragte Rollan. Er trug eine Waffe an der Hüfte. Als er noch auf der Straße gelebt hatte, hatte er immer irgendein kleines Messer dabeigehabt, aber die Grünmäntel hatten ihm etwas viel Besseres geschenkt: einen solide gefertigten, scharfen Dolch, schon fast ein Kurzschwert. Zusätzlich hatte er ein kleines Messer in seinem Stiefel versteckt.

„Möglich", antwortete Tarik. „Einige ehemalige Grünmäntel sind nicht gut auf uns zu sprechen."

„Interessant", murmelte Rollan.

„Sollen wir die Mäntel vielleicht besser ablegen?", fragte Conor.

„Nein, wir wollen anderen ein Beispiel geben", erwiderte Tarik. „Wir müssen zu dem stehen, was wir sind und was wir vertreten."

Aber was vertretet ihr denn?, dachte Rollan. Das hätte ich nur zu gerne mal gewusst.

Eine Gruppe von Männern mit mürrischen Gesichtern ging an ihnen vorbei und machte dabei einen großen Bogen. Ein älterer Mann, der ein schwer beladenes Maultier führte, blieb stehen, stützte die Faust in die Hüfte und betrachtete die Ankömmlinge. In den Fenstern der Häuser auf der anderen Straßenseite erschienen weitere mürrische Gesichter.

„Alle starren uns an", murmelte Conor.

„Dann geben wir ihnen doch gleich mal einen Grund dazu", sagte Tarik und ging voraus. Er trug sein Schwert auf dem Rücken, Meilin hielt ihren Kampfstock in der Hand. Conor dagegen hatte seine Axt am Sattel hängen lassen.

Sobald sie das Handelshaus betreten hatten, wurde es mit einem Schlag still. Die Gäste am Tresen vergaßen, den nächsten Bissen ihres Mahls zu nehmen, die Verkäufer im Laden verstummten. Rollan ließ den Blick über die feilgebotenen Waren wandern. Zahlreiche Felle waren darunter, außerdem Reiseausrüstung und viele Äxte, Schwerter und andere Waffen.

Tarik trat an den Ladentisch. Einige hochgewachsene Männer musterten ihn feindselig, machten ihm aber schließlich doch Platz. Hinter der Theke blickte den Neuankömmlingen ein Mann mit schütterem Haar und verschlagenem Gesicht entgegen.

„Grünmäntel?" Er grinste. „Auf Besuch oder nur auf der Durchreise?"

„Ich suche zwei ehemalige Brüder", antwortete Tarik. „Barlow und Monte."

Der Mann hinter der Theke sah ihn einen Moment lang verwirrt an, dann nickte er. „Ist schon eine Weile her, dass die beiden Grün getragen haben. Kann nicht behaupten, dass ich sie in letzter Zeit gesehen hätte."

„Aber der Laden gehört ihnen doch noch?"

Der Mann nickte. „Ja. Kein Handelshaus weit und breit läuft so gut wie unseres. Da müssen sich die Besitzer nicht um die täglichen Geschäfte kümmern."

Hinter Rollan entstand Unruhe. Er drehte sich um und sah Essix durch die offene Tür auf sich zufliegen. Der Falke landete auf seiner Schulter. Rollan zwang sich zu einem Lächeln, strich Essix mit dem Rücken eines Fingerknöchels übers Gefieder und tat so, als hätte er sie schon erwartet. Sie wollte offenbar mal wieder beweisen, dass sie an- und abfliegen konnte, wie es ihr passte. Tarik und der Mann hinter der Theke schienen verblüfft über diese Unterbrechung. Rollan machte eine Handbewegung. „Sprecht ruhig weiter."

Tarik wandte sich wieder dem Krämer zu. „Wie lange dauert es wohl, bis Barlow und Monte zurückkommen?"

Der Mann faltete die Hände auf dem Ladentisch. „Die beiden besitzen überall in der Gegend Handelsstützpunkte. Sie sagen mir nicht, wo sie wann sind, und es steht mir auch nicht zu, sie danach zu fragen. Je nach Jahreszeit sind sie manchmal monatelang weg."

„Er lügt", platzte Rollan heraus. Sofort bereute er seine Worte, aber mit Essix auf der Schulter hatte er den „Falkenblick". Da fiel ihm jedes Detail an einem Menschen auf. So hatte er bemerkt, dass der Krämer sich nervös die Lippen leckte und immer wieder den Blick niederschlug.

„Ganz meine Meinung", sagte Tarik ruhig.

„W…was soll das heißen, ich lüge?", stotterte der Mann.

Wieder wurden die Männer hinter Rollan unruhig.

„Was will der Junge?", fragte ein Hüne leise seinen Nachbarn. „Er hat einen Gerfalken."

„Wir kommen in freundlicher Absicht. Wir wollen Barlow und Monte keine Schwierigkeiten machen", bekräftigte Tarik.

Der Krämer fühlte sich offenbar durch die allgemeine Unruhe bestätigt. „Besten Dank für die beschwichtigenden Worte. Wir wissen nicht, woher ihr kommt, aber wir mögen es nicht, wenn Grünmäntel sich in unsere Angelegenheiten einmischen."

Einige der Umstehenden brummten zustimmend.

„… dringen einfach hier ein …"

„… lassen alle warten …"

„Trinkt euren Nektar doch selbst!"

Tarik trat von der Theke zurück und erhob die Stimme nur so weit, dass alle im Raum ihn gut hören konnten. „Ich komme im Auftrag der Westburg. Wer mich aufhalten will, der trete vor."

Tarik griff nicht nach seinem Schwert und machte auch keine drohende Geste. Aber er war groß von Gestalt, und Gesicht und Tonfall ließen keinen Zweifel daran, dass er es ernst meinte. Die Männer, die sich eben noch beschwert hatten, wandten den Blick ab.

Tarik drehte sich wieder um, sodass er seitlich zur Theke stand. „Ich wollte kein Aufsehen erregen, aber offenbar habe ich mich vergebens bemüht. Ich muss Monte und Barlow ganz offiziell sprechen. Der Auftrag kommt von allerhöchster Stelle. Ihr tut den beiden keinen Gefallen, wenn ihr euch vor sie stellt. Notfalls kehren wir mit Verstärkung zurück. Sie sollten lieber freiwillig mit uns sprechen."

Daraufhin wurde erregtes Murmeln laut. Der Mann hinter der Theke bückte sich und verschwand, als suchte er etwas auf dem Boden.

Rollan hörte leise Schritte. „Er läuft weg!"

Tarik sprang vor und beugte sich über den breiten Tisch. Der Krämer war unerwartet schnell zum anderen Ende gelaufen. Dort richtete er sich auf, sprang gewandt über den Tisch und riss ein Fenster auf.

Rollan setzte ihm sofort nach. Tarik wollte ihm folgen, aber einige Männer traten ihm in den Weg. Lumeo erschien und Tarik teilte Faustschläge aus.

Essix flog vor Rollan aus dem Fenster. Als Rollan hindurchkletterte, sah er den Krämer gerade noch hinter dem Laden verschwinden. Er sprang nach draußen und rannte los. Auf der Rückseite des Gebäudes angelangt, sah er ihn auf einem Fass stehen und zur unteren Geländerstange eines Balkons im ersten Stock hinaufspringen. Bevor er sich daran hinaufziehen konnte, ging Essix im Sturzflug und mit ausgestreckten Krallen auf ihn los und zerkratzte ihm den Arm. Der Mann verlor den Halt und fiel auf den Boden.

Rollan rannte auf ihn zu, doch der Fliehende war schon wieder aufgesprungen und lief zum anderen Ende der rückwärtigen Wand. Dort hielt er abrupt an, denn Briggan kam ihm entgegen. Er hob die Hände. „Ist ja schon gut, die Jagd ist vorbei! Lasst mich in Ruhe."

Conor kam aus derselben Richtung wie Briggan um die Ecke gebogen, kurz bevor Rollan bei dem Krämer angelangt war. „Warum wolltest du weglaufen?", rief Rollan empört.

Briggan blieb vor dem Mann stehen. Als er an ihm schnupperte, wich der Mann zurück. „Ich habe schon mit genug Grünmänteln zu tun gehabt", sagte er. „Hört zu, ich komme mit Wölfen nicht gut zurecht. Vor allem will ich nicht von ihnen gefressen werden. Ruft das Vieh zurück."

Briggan knurrte nicht, hatte aber die Nackenhaare gesträubt.

„Nicht so schnell", erwiderte Rollan. „Wer bist du?"

Der Mann seufzte schicksalsergeben. „Ach richtig, ich habe mich noch gar nicht vorgestellt. Mein Name ist Monte."

Barlow und Monte

Monte ging voraus durch ein Hinterzimmer und dann eine Treppe hinauf, die Besucher folgten ihm. Conor bildete den Schluss. Wie verrückt, dass der Mann hinter der Theke einer der beiden Gesuchten war! Er hatte Tarik ordentlich hereingelegt.

Meilin und Tarik waren hinter dem Laden zu ihnen gestoßen. Tarik hatte ein halb zugeschwollenes Auge und eine Schnittwunde am Mund. Meilin hatte Conor versichert, Tarik habe deutlich mehr Schläge ausgeteilt als eingesteckt.

Auf massives Drängen hin hatte Monte sich bereit erklärt, sie durch die Hintertür zu Barlow zu bringen. Er warnte sie allerdings, dass sein Partner sicher nicht in Stimmung sei, Auskünfte zu geben, doch Tarik blieb unerbittlich.

Während Monte sie durch einen Gang im ersten Stock des Hauses führte, nahm Conor aus dem Augenwinkel auf dem Boden hinter sich eine rasche Bewegung wahr. Beim

Abbiegen ließ er die anderen vorausgehen und wartete. Im nächsten Augenblick lugte das Gesicht eines Waschbären um die Ecke, zog sich aber sofort wieder zurück.

„Komm!", lockte Conor.

Doch das Tier blieb verschwunden. Conor ging ein Stück zurück, konnte es aber nirgends entdecken. Der kleine Kerl war zu schnell.

Conor eilte den anderen nach. Monte klopfte gerade an eine schwere Tür. Ein bulliger Mann mit breiter Brust, hängenden Schultern und einem dichten Bart, der ihm fast bis zu den Augen reichte, öffnete ihnen. Er war knapp einen halben Kopf größer als Tarik und sah aus wie ein Bär.

Der Riese sah Monte böse an. „Grünmäntel! An meiner Tür!"

„Sie ... äh ... ließen sich nicht abwimmeln", erklärte Monte.

„Das überrascht mich nicht." Der Riese musterte die Besucher. Sein Blick verweilte auf Conor. „Wie ich sehe, haben wir es mit erfahrenen Veteranen zu tun, die schon ... wie lange im Geschäft sind? Eine Woche?"

Conor richtete sich kerzengrade auf und spannte die Muskeln an, um möglichst erwachsen auszusehen.

Monte kicherte nervös. „Sie wollen unbedingt mit uns sprechen."

Barlow durchbohrte Tarik mit seinen Blicken. „Suchst du Ärger? Ihr habt kein Recht, uns zu befragen. Wir haben nichts verbrochen."

„Wir suchen Arax", sagte Tarik.

Barlow brach in schallendes Gelächter aus, sodass Conor erschrocken zusammenzuckte.

„Arax?", rief Monte. „Soll das ein Witz sein? Wer hat euch denn auf diese blödsinnige Idee gebracht?"

Barlow wischte sich eine Lachträne aus dem Auge.

„Das ist kein Scherz", erwiderte Tarik. „Der Große Schlinger ist zurückgekehrt und er ist hinter den Talismanen her. Deshalb müssen wir Arax finden. Schnell."

Barlow starrte ihn entsetzt an und rang nach Luft. „Der Schlinger? Wer behauptet das?"

„Es ist wahr: Er ist zurückgekehrt", wiederholte Tarik. „Wie er es angekündigt hat. Oder zumindest jemand, der ihm zum Verwechseln ähnlich sieht und große Macht besitzt. Zhong wurde bereits angegriffen. Die Mauer wurde überrannt. Auch das südliche Nilo führt Krieg."

„Nein, so was!", sagte Monte. „Das müsst ihr uns genauer erklären. Manche Lügen sind so groß, dass man sie einfach nicht schlucken kann, vor allem nicht mit vollem Magen."

„Ich habe den Angriff auf Zhong selbst miterlebt", sagte Meilin. „Eine riesige Armee hat Jano Rion angegriffen. Ich musste meinen Vater zurücklassen. Er verteidigt die Stadt."

Barlow sah sie mit gerunzelter Stirn an. „Deinen Vater zurücklassen? Lass mich raten. Die Grünmäntel haben dich geholt."

Meilin nickte.

„Wann kapiert ihr endlich, dass ihr Kinder in Ruhe lassen

sollt?", sagte Barlow. „Wer hat eigentlich damit angefangen, sie als Erwachsene zu verkleiden? Sie sind viel zu jung, um so viel Verantwortung zu tragen."

„Sein Lieblingsthema", erklärte Monte grinsend. „Legt euch nicht mit ihm an, das endet böse. Hört zu: Wir bedauern, dass es auf den anderen Kontinenten Krieg gibt, aber wir können euch nicht helfen. Wir haben keine Ahnung, wo sich die Großen Tiere aufhalten, auch nicht Arax."

„Die beiden Herren sind gute Schauspieler", sagte Rollan. „Aber du hast ein bisschen zu laut gelacht, Barlow. Und du hast zu viele Worte gemacht, Monte."

Barlow musterte ihn scharf. „Was ist das für ein Falke auf seiner Schulter?"

„Rate", erwiderte Rollan ruhig.

Aus einem grellen Lichtschein trat Meilins Panda hervor. Essix schrie.

„Ihr seid ganz schöne Angeber", sagte Barlow und ballte die Hände zu Fäusten. „Mein Bär ist größer."

„Der Falke will euch nicht drohen", erklärte Tarik ruhig. „Seht euch die Tiere genau an."

„Das ist ein Panda", sagte Monte. Er hörte auf zu grinsen. „Ein Panda mit silbernen Augen." Er betrachtete auch Essix misstrauisch und sah dann seinen Partner an.

„Verstehe schon", sagte Barlow barsch. „Ziemlich geschmacklos. Was soll das alles? Wer seid ihr?"

„Ich habe Briggan draußen gelassen", sagte Conor. Die Tiere schienen die beiden Forschungsreisenden beeindruckt zu haben. „Er hat mir zu einer Vision verholfen. Ich habe einen Grizzly und einen Waschbären gesehen, die uns zu Arax geführt haben. Olvan und Lenori glaubten, damit seid ihr beide gemeint."

„Sie haben den Widder gesehen", sagte Rollan. „Ich weiß es."

Barlow runzelte die Stirn, wirkte aber bereits weniger feindselig. „Sehen wir uns den Wolf an."

„Du nimmst das doch nicht ...", begann Monte.

Barlow hob die Hand. „Sehen wir uns Briggan an."

Barlow betrachtete Briggan, Jhi und Essix eingehend. Monte folgte seinem Beispiel, hielt aber gehörigen Abstand zu dem Wolf.

„Sollten sie tatsächlich Fälschungen sein, sind sie hervorragend gemacht", erklärte Barlow schließlich. Mit widerstrebender Bewunderung strich er Briggan übers Fell.

„Und wo habt ihr Uraza versteckt?", fragte Monte.

„Ich habe euch mein Zeichen gezeigt", sagte Tarik. „Mein Seelentier ist ein Otter. Das Mädchen, das den Leoparden gerufen hat, konnten wir leider nicht rechtzeitig finden. Unsere Feinde sind uns zuvorgekommen."

Conor sah zu, wie Montes Waschbär sich zögernd Briggan näherte, aber schnell wieder etwas zurückwich, als der Wolf an ihm schnupperte.

Barlow setzte sich. „Ihr wollt uns also weismachen, der große Entscheidungskampf hätte begonnen?"

Tarik nickte. „Die Gefallenen Tiere sind zurückgekehrt und der Große Schlinger treibt wieder sein Unwesen – es ist also genau das eingetreten, was die Grünmäntel seit Jahrhunderten fürchten."

Monte fröstelte. „Ich hatte gehofft, dass ich diesen Tag nicht mehr erlebe. Ich war mir auch nicht sicher, ob er überhaupt kommen würde, aber angesichts von drei der vier Gefallenen lässt sich das kaum mehr bestreiten."

„Uns läuft die Zeit davon", sagte Tarik. „Wir müssen die Talismane einsammeln. Unsere Feinde haben dasselbe Ziel."

Barlow schnaubte. „Ihr müsst nicht nur schneller sein. Ihr habt noch ganz andere Probleme. Glaubt ihr denn, Arax gibt seinen Talisman freiwillig her? Das hat er im letzten Krieg auch nicht getan. Meint ihr, ihr könntet ihm den Widder aus Granit einfach so wegnehmen? Da kennt ihr ihn aber schlecht. Und im Gebirge findet ihr euch auch nicht zurecht."

„Im Gegensatz zu euch beiden", erwiderte Rollan.

„Schon kapiert", sagte Monte unwirsch. „Du hast die Gabe, die Absichten anderer zur erraten. Essix heißt nicht ohne Grund die ‚Tiefblickende'."

Diesen Namen des Falken kannte Conor noch gar nicht. Er blickte Rollan fragend an. Der zuckte nur mit den Schultern. Auch er schien verwirrt und verärgert. Conor konnte das nur zu gut verstehen. Wie viel geheimes Wissen über die Seelentiere hielten die Grünmäntel zurück? Warum diese Heimlichtuerei?

„Ihr habt Arax also gesehen?", fragte Tarik.

Barlow atmete langsam aus. „Wir haben beinahe jeden Winkel von West-Amaya erforscht, die majestätischen Berge ebenso wie das Ödland, auf dem kaum etwas gedeiht. Als wir im Gebirge waren, stieß Scrubber eines Tages auf eine merkwürdige Fährte."

„Scrubber?", fragte Conor.

„Mein Waschbär", erklärte Monte.

„Sie sah aus wie die eines Dickhornschafs", fuhr Barlow fort, „nur viel größer." Mit den Händen beschrieb er eine tellergroße Form. „Natürlich verfolgten wir die Spur. Wir befanden uns auf einer einsamen Hochebene. Wenn die Spur gefälscht und das Ganze eine Falle war, dann war das ein verdammt guter Trick. Aber unsere Neugier trieb uns an, denn wir wussten: Eine Chance, Arax zu sehen, würden wir kaum ein zweites Mal bekommen."

„Wir waren schier überwältigt von seinem Anblick", ergänzte Monte.

„Habt ihr ihn auf euch aufmerksam gemacht?", fragte Tarik.

Barlow lachte. „Wir hatten schon Angst, ihn nur aus der Ferne zu betrachten. Aber er spürte natürlich unsere Anwesenheit und rief einen tosenden Wind herbei, um uns seine Macht zu beweisen. Wir wandten uns erschrocken ab und er ließ uns gehen."

„Er rief den Wind?", fragte Meilin.

„Arax kann an hoch gelegenen Orten das Wetter beeinflussen", erklärte Monte. „Vor allem den Wind."

„Sie haben wirklich ein Großes Tier gesehen?", fragte Conor mit glänzenden Augen.

Briggan stieß ihm gegen das Bein.

Conor kraulte ihn. „Ich meinte, eins in voller Größe."

Briggan stieß ihm wieder gegen das Bein und Conor begriff, dass er Briggan gekränkt hatte. Hoffentlich musste er es später nicht büßen.

Montes Blicke wanderten vom einen zum anderen. „Die Tiere in eurer Begleitung sind Legende."

Barlow wandte sich wieder an Tarik. „Dieses Gebirge ist kein Ort für Kinder, nicht einmal für erfahrene Bergsteiger. Wartet noch ein paar Jahre. Lasst die Kinder aufwachsen und Erfahrung sammeln. Dann werden sie mit ihren Tieren Großes vollbringen."

Conor fühlte sich gleich ein paar Zentimeter größer, als er das hörte, und unterdrückte ein stolzes Lächeln.

„Ein guter Rat", sagte Tarik. „Aber Erdas ist in Gefahr und die Zeit drängt. Unsere Chancen stünden allerdings besser, wenn wir ortskundige Führer dabeihätten, die alle Gefahren dort oben kennen."

Barlow schnaubte unwillig. „Bei allem Respekt vor eurem Auftrag: Mir gefällt nicht, wie ihr Grünmäntel die Kinder ausnützt. Man verpflichtet sie zu etwas, noch bevor sie wissen, was sie da tun. Ich selbst bin mit elf Jahren beigetreten und habe überlebt, aber andere Kinder hatten weniger Glück. Die Grünmäntel haben keine Skrupel, Kinder in Gefahr zu bringen."

„Aber wir befinden uns in einer verzweifelten Lage!", sagte Tarik. „Ohne die Großen Tiere können wir die Talismane nicht finden. Wenn der Schlinger sie bekommt, wäre es das Ende der Welt, in der wir leben."

„Das ist wahr, nur ..." Barlow seufzte. Dann sprach er zu Conor, Meilin und Rollan: „Ihr Kinder habt keine Vorstellung davon, gegen wen ihr hier antretet. Nicht einmal Monte und ich wären diesem Auftrag gewachsen. Und Tarik hat bestimmt eine Menge erlebt und getan und dennoch gilt das Gleiche für ihn. Wir reden hier von einem der fünfzehn Großen Tiere, das älter ist als unsere Geschichtsschreibung. Und so stark, dass es Felsenstadt jederzeit dem Erdboden gleichmachen könnte. Es fühlt sich an einem felsigen Steilhang so sicher wie ihr zu Hause in eurem Bett und ist klüger und erfahrener, als wir es uns ausmalen können."

Briggan trat mit erhobenem Kopf und aufgestellten Ohren vor Barlow.

Von plötzlichem Selbstvertrauen erfüllt, wandte Conor sich ebenfalls an Barlow. „Sie vergessen unsere Begleiter. Es steht drei gegen einen."

Essix streckte die Flügel und schlug zweimal damit nach unten.

„Eure Seelentiere werden euch helfen", räumte Barlow ein. „Aber sie haben nicht mehr die Macht, die sie in ihrem früheren Leben besaßen. Ihr müsst erst noch wachsen und euch entwickeln und dasselbe gilt für eure Begleiter."

„Wir werden Arax suchen, egal ob ihr beide uns begleitet

oder nicht", sagte Tarik. „Auch wenn unsere Chancen dann schlecht stehen, müssen wir es trotzdem wagen. Doch Conors Vision deutet daraufhin, dass ihr mitkommt."

Essix flog auf und landete auf Barlows Schulter, Jhi stellte sich geschickt auf die Hinterbeine, Briggan packte mit dem Maul Barlows Hosenbein und zog daran.

Barlow seufzte und ließ die Schultern fallen. „Wusste ich's doch: Die Grünmäntel werden mich nie in Ruhe lassen."

Monte warf ihm einen bittenden Blick zu. „Es gibt also keinen Ausweg – wir müssen mit?"

„Ich fürchte ja", sagte Barlow. „Holen wir unsere Ausrüstung vom Speicher."

Raben

Meilin hatte als Kind ganz Zhong bereist. Sie hatte die Mauer im Norden, Osten, Westen und Süden besucht und zahllose Orte im Inland. Die Mauer war viele Tausend Kilometer lang und umschloss ein riesiges Gebiet. Das Land jenseits der Mauer hatte Meilin dagegen nie betreten. Erst durch die Grünmäntel hatte sie hier in Amaya die Wildnis kennengelernt.

In den Wochen, die sie nun schon mit Monte und Barlow unterwegs waren, war die Landschaft immer beeindruckender geworden. Von der Prärie waren sie ins Hügelland und schließlich in ein gewaltiges Gebirge gekommen. Spitze Felsnasen ragten in den Himmel, Wasserfälle stürzten tosend in tiefe Schluchten. Das Land am Fuß der Berge war dicht bewaldet und in der Ferne unterhalb der schneebedeckten Gipfel glänzten Seen. In Zhong lag der Zauber darin, dass der Mensch der Natur seine Ordnung auferlegt hatte. Es gab dort kunstvoll angelegte Parks und Gärten, Tempel, Museen, Paläste und Städte, allesamt Meilensteine der Baukunst. Die Felder der Bauern wurden durch Kanäle bewässert, Wasserreserven hinter Dämmen aufgestaut. Meilins Wagen war auf breiten Straßen und über prächtige Brücken gefahren.

Was sie hier sah, war vollkommen anders. Die Schönheit der unberührten Natur übertraf alles, was sie aus Zhong kannte. Welches von Menschen errichtete Gebäude konnte sich schon mit diesen Bergen vergleichen, welche künstlichen Wasserwege sich mit den wilden Flüssen und Wasserfällen messen?

Über all dies sprach Meilin nicht mit ihren Gefährten, denn sie fühlte sich noch immer fremd. Außerdem hatte sie das Gefühl, sich selbst und ihre Heimat herabzusetzen, wenn sie die Pracht der Wildnis zu sehr bewunderte.

So wurde Meilin trotz der vielen Sehenswürdigkeiten bald die Reise lang und sie fühlte sich einsam. Sie vermisste viele von früher gewohnte Bequemlichkeiten und sie hatte Heimweh nach ihrer Familie und ihren Dienern. Da sie sich abseits hielt, hatte sie genug Zeit, ihre Gefährten zu beobachten. Tarik bewunderte sie am meisten. Er sprach stets nur das Nötigste und wirkte so tüchtig wie die besten Soldaten ihres Vaters.

Monte dagegen konnte den Mund nicht halten. Er steckte voller Witze, Geschichten und müßigem Geplauder und unterhielt sich mit jedem, der ihm zuhören wollte. Barlow schien das nichts auszumachen – er ritt gern neben seinem Freund her und lachte herzhaft über dessen belanglose Witze.

Conor beschäftigte sich viel mit Briggan. Immer wieder streichelte er ihn und sprach mit ihm. Dabei scheute er sich nicht, seinem Seelentier auch mal einen Unsinn zuzumuten und sich damit lächerlich zu machen. Er warf Stöcke, die der Wolf zurückbrachte, oder spielte mit ihm Fangen. Voller Übermut durchquerten sie Bäche und spritzten sich gegenseitig nass. Meilin stellte fest, dass sich dadurch mit der Zeit ihre Bindung festigte. Rollan und sein Falke dagegen schienen lieber etwas Abstand zueinander zu halten. Essix zog meist über den Reisenden ihre Kreise.

Meilin hatte sich eigentlich mehr mit Jhi beschäftigen wollen. Als der Panda sie beim Schlafwandeln gerettet hatte, war sie ihrem Seelentier zutiefst dankbar gewesen. Doch ihre Geduld war leider schnell aufgebraucht gewesen. Jhi war einfach zu träge und gutmütig. Sie blieb gern für sich, Meilin versuchte vergebens, sie dazu zu bringen, mit ihr Fangen zu spielen. Jhi hörte zwar zu, wenn Meilin etwas sagte, reagierte aber nicht weiter darauf. Auf Reisen befand sie sich am liebsten im Ruhezustand und das war Meilin inzwischen nur recht.

Unterwegs war sie bisher nur einmal schlafgewandelt. Allein war sie in einem dunklen Wald aufgewacht. Doch bevor die Panik sie überwältigen konnte, war Jhi aufgetaucht und hatte sie zu den anderen zurückgeführt. Der Fußmarsch dauerte zwanzig Minuten.

Das war vor einigen Tagen gewesen. Monte behauptete zwar, sie würden sich Arax bereits nähern, aber noch fehlte jede Spur von dem Widder. An diesem Vormittag hatten sie ein breites Tal durchquert und ritten jetzt einen leicht bewaldeten Hang hinauf. Barlow und Monte machten den Anfang, Meilin folgte noch vor den beiden Jungen und Tarik bildete die Nachhut.

Monte plauderte wie immer mit Barlow. „Erinnerst du dich an den Wald auf den Nordhängen der Grauen Berge? Die Bäume standen so weit voneinander entfernt wie hier – wir konnten einfach hindurchgaloppieren. Und dann kamen wir zu diesem verlassenen Gehöft."

„Nicht ganz verlassen", verbesserte Barlow.

Monte hob den Zeigefinger. „Genau! Ein Mann lebte dort. Wie viele Schweine hatte er? An die hundert! Er aß Speck zum Frühstück, Schweinebraten zum Mittagessen und Schinken zum Abendessen. Und er wollte partout nichts davon eintauschen! Wie arrogant er uns abgewiesen hat, weil er alles für sich haben wollte. Ich frage mich, ob er noch …"

Da ließ Essix einen Warnruf ertönen. Barlow hielt sofort an und hob die Hand. Monte richtete sich im Sattel auf und blickte sich um.

„Wir wollen keinen Ärger!", rief Barlow. „Wir sind nur auf der Durchreise ins Hochland."

Jetzt sah auch Meilin, dass sich aus allen Richtungen fremde Männer näherten. Lautlos und unbemerkt waren sie aufgetaucht. Sie waren mit Speeren und Pfeil und Bogen bewaffnet, als wären sie auf der Jagd. Um die Lenden trugen sie Lederschurze, um die Schultern Umhänge aus schwarzen Federn. Einige Gesichter waren schwarz und weiß bemalt, andere verbargen sich hinter Holzmasken.

Meilin bekam Herzklopfen, sie umklammerte die Zügel mit beiden Händen. Wie hatte eine so große Schar es geschafft, sie vollkommen unbemerkt einzukreisen? Sie ermahnte sich selbst, ruhig zu bleiben und immer daran zu denken, dass Schlachten im Kopf gewonnen wurden. Die Amayaner waren weit in der Überzahl. Meilin schätzte sie auf siebzig Krieger. Womöglich waren noch mehr auf dem Weg hierher. Reiter waren nirgends zu sehen, doch viele der Bogenschützen hatten den Pfeil schon auf der gespannten Sehne. Bei einem Ausbruchsversuch würden Meilin und ihre Gefährten zweifellos nicht ungeschoren davongekommen.

Drei der Krieger traten vor. Der mittlere legte seine Faust auf die Brust und sprach zu Barlow. „Ich bin Derawat."

Barlow wiederholte die Geste seines Gegenübers. „Barlow."

„Dieses Land steht unter dem Schutz der Raben. Ihr gehört nicht hierher."

„Wir wollen weder bleiben noch etwas von hier mitnehmen", antwortete Barlow. Wir sind auf dem Weg ins Hochland."

„Wir haben euch schon von Weitem entdeckt", sagte Derawat.

Barlow nickte. „Wir haben keinen Grund, uns zu verstecken, denn wir kommen in Frieden."

„Ergebt euch, dann werden wir über euer Schicksal entscheiden", sagte Derawat.

Im nächsten Augenblick erschien ein gewaltiger Grizzly neben Barlow, ein zotteliges Tier mit einem Buckel. Die Rabenleute wichen ein paar Schritte zurück und umklammerten misstrauisch ihre Waffen. Der Bär richtete sich zu seiner vollen Größe auf und Meilin spürte bei dem Gedanken an Jhi einen Stich der Eifersucht.

„Wir werden uns nicht ergeben", sagte Barlow streng. „Wir sind freie Menschen und harmlose Reisende. Wir haben euch nichts getan. Aber wenn ihr unbedingt auf Streit aus seid, schlage ich einen Zweikampf vor."

Die drei Anführer zogen sich kurz zurück, um sich zu beraten. Dann verkündete Derawat die gemeinsame Entscheidung: „Jede Seite wählt einen Krieger. Der Kampf erfolgt nach unseren Regeln. Wenn ihr gewinnt, dürft ihr passieren. Wenn ihr verliert, gehört ihr uns."

„Einverstanden", sagte Barlow. Der Grizzly verschwand in einem grellen Blitz.

Eine Gruppe von Rabenmännern formierte sich zu einer Eskorte. Tarik ritt vor, um sich mit Barlow zu besprechen.

„Wie funktioniert dieses Spiel?", fragte Tarik.

„Wenn wir verlieren, gehören wir ihnen. Sie können uns nach Belieben versklaven oder töten."

Schweigend dachten sie eine Weile nach.

„Wie wird gekämpft?", fragte Tarik.

„Das hängt vom Stamm ab." Barlow betrachtete die Amayaner forschend. „Manche lassen zwei Menschen, manche stattdessen zwei Seelentiere gegeneinander antreten. Es gibt Fälle, in denen auf Leben und Tod gekämpft wird. Manchmal ist der Kampf schon entschieden, wenn einer der beiden Gegner aufgibt. Mit dem Stamm der Raben hatte ich allerdings noch nie etwas zu tun."

„Wir haben wirklich Pech", brummte Monte. „Viele amayanische Stämme begegnen Fremden freundlich. Wir hatten die Route von vornherein so geplant, dass wir das Rabenland nur streifen und so den gefährlichen Stämmen aus dem Weg gehen."

„Hat jemand etwas dagegen, wenn ich für uns antrete?", fragte Tarik.

„Lass uns das später entscheiden", schlug Barlow vor. „Diese Leute haben manchmal seltsame Kampfregeln oder verwenden merkwürdige Waffen. Unser Kämpfer sollte dann eben diese Kampftechniken gut beherrschen. Ich kann allein mit meiner Körperkraft viel erreichen. Wenn aber allein die Seelentiere gegeneinander antreten sollen, ist Jools schwer zu schlagen."

Tarik nickte. „Gut, warten wir also ab."

Die Amayaner brachten sie in ihr Dorf, das ganz in der Nähe lag. Es war umgeben von Wiesen. Die Hütten bestanden aus Tierhäuten, die über hölzerne Rahmen gespannt waren. Meilin entdeckte mehrere gelöschte Feuerstellen. Schließlich erreichten sie den Platz in der Dorfmitte.

Derawat wies auf eine runde Fläche aus festgestampftem Lehm. Dann ging er zu einem Bottich jenseits des Platzes und tauchte die Füße einmal bis zum Knöchel in schwarzen Schlamm. „Zwei Krieger treten in den Kreis. Ihre Seelentiere müssen ruhen. Wer als Erster zehn Treffer erzielt, der gewinnt. Bei zehn Treffern ist der Zweikampf zu Ende. Ich vertrete die Raben. Wer von euch ist mein Gegner?"

Meilin sah mit großen Augen zu, wie Barlow, Monte und Tarik sich leise berieten.

„Es geht um Geschwindigkeit und Treffsicherheit", sagte Barlow. „Beides ist nicht meine Stärke."

„Ich könnte es wohl versuchen", meinte Monte.

„Lasst mich das machen", sagte Tarik. „Ich habe Erfahrung im Zweikampf, und ich weiß, wie man Stichwaffen ausweicht. Außerdem bin schnell und habe lange Arme."

„Einverstanden", sagte Barlow.

„Nein, ich trete gegen ihn an", rief Meilin.

Die drei Männer blickten sie so entgeistert an, dass sie fast ein wenig gekränkt war.

„Derawat ist sehr groß", wandte Tarik um Höflichkeit bemüht ein.

„Ich würde meine Hilfe nicht anbieten, wenn nicht davon überzeugt wäre, dass ich hier genau die Richtige bin", erwiderte Meilin. „Mein Leben lang habe ich mich in den zhongesischen Kampfkünsten geübt und bin darin Expertin. Ihr Männer würdet es sicher schwerer haben als ich."

Conor und Rollan sahen einander verlegen an. Tarik verschränkte die Arme und kniff die Augen zusammen.

„Und, habt ihr euch entschieden?", fragte Derawat herausfordernd.

„Einen Moment noch", sagte Barlow und wandte sich an Tarik. „Das kommt nicht infrage. Sie ist noch viel zu jung."

„Lieber tue ich es!", meldete sich Rollan zu Wort. „Ich habe wenigstens schon einige Schlägereien hinter mir."

„Meilin", sagte Tarik freundlich, „wir zweifeln nicht an deiner Aufrichtigkeit. Aber wir haben noch nie eine Probe deines Könnens gesehen."

„Natürlich könnte ich euch eine kleine Vorführung geben. Bloß könnte ich dann später meinen Gegner nicht mehr überraschen", sagte Meilin. „Vertraut mir."

Über ihnen ertönte ein Schrei, dann kam Essix im Sturzflug herunter und landete auf Meilins Schulter. Meilin erstarrte. Das hatte der Falke noch nie getan.

„Essix ist für Meilin", sagte Rollan erstaunt.

Der Falke stieg wieder auf und Meilin blickte ihm ungläubig nach. Hatte Essix wirklich gerade ihre Wahl bestätigt? Woher wusste sie von ihren Fähigkeiten?

Tarik nickte. „Dann füge ich mich. Kämpfe für unsere Freiheit, Meilin."

„Seid ihr sicher, dass der Vogel sich nicht gegen Meilin ausgesprochen hat?", brummte Barlow.

„Ich bleibe dabei: Meilin soll es sein", wiederholte Tarik.

Barlow sprach zu Derawat: „Meilin wird für uns kämpfen." Meilin trat vor und Derawat wich einen Schritt zurück. „Wollt ihr euch vor dem Zweikampf drücken? Nur ein Feigling versteckt sich hinter einem Kind."

Barlow warf Tarik einen Blick zu und Tarik nickte. „Meilin vertritt uns", sagte Barlow. „Sie will es so. Wir haben keine Angst. Besiege sie, wenn du kannst."

Derawats Augen funkelten. „Was für eine Beleidigung! Ihr behauptet, der Schwächste unter euch könnte den Besten von uns schlagen! Glaubt nur nicht, dass ich Gnade walten lasse. Das Ergebnis des Kampfes soll gelten, so als hätte ich gegen einen Erwachsenen gekämpft!"

„Wir werden den Regeln gehorchen, egal wie der Kampf ausgeht", knurrte Barlow. „Zehn Treffer."

„Was für ein ehrloser Kampf", schnaubte Derawat. „Ihr werdet mir diese Kränkung doppelt büßen."

Barlow schwieg und blickte Meilin eindringlich an.

Derawat ließ sich den Umhang abnehmen, marschierte zu dem Bottich und tauchte seine Hände noch einmal in den Schlamm. Meilin folgte seinem Beispiel. Der Schlamm war weder warm noch kalt und fühlte sich dick und fettig an.

Die übrigen gut zweihundert Raben, darunter Alte und Junge, Männer und Frauen, verfolgten stumm das Geschehen. Meilin hoffte, dass sie sich nicht geirrt hatte. Sie konnte ihren Gegner nur schwer einschätzen. Wenn er nun Hände hatte wie Meister Chu? Dann hatte sie sofort verloren.

Die Raben schienen solche Kampfdarbietungen gewohnt zu sein. Derawat hatte jedenfalls den richtigen Körper dafür. Er war gestählt und wirkte auch sehr selbstbewusst. Da er längere Arme als Meilin und viel mehr Kraft hatte, war er klar im Vorteil. Wenn er einmal richtig traf, würde sie sofort zu Boden gehen, und dann konnte er sie mit Schlägen attackieren.

Er führte Meilin in den Kreis und blickte finster auf sie hinunter. „Treffer am Arm unterhalb des Ellbogens zählen nicht", sagte er und zeigte auf seine Unterarme. „Alle anderen zählen. Wer aus dem Kreis tritt, hat verloren. Es gibt keine zweite Chance. Zehn Treffer. Mohayli zählt."

„Ich zähle auch", sagte Barlow.

„Noch Fragen?", sagte Derawat an Meilin gewandt. „Falls ihr euch doch für jemand anderen entscheiden wollt: Jetzt ist die letzte Gelegenheit."

Meilin taxierte ihn, versuchte ihn einzuschätzen. Wenn Seelentiere erlaubt gewesen wären, hätte sie Tarik den Vortritt gelassen. Denn Tarik konnte sich unglaublich schnell bewegen. Das aber eben nur mit Lumeos Hilfe. Wenn es Derawat gelingen sollte, sie zu besiegen – dann schaffte er es auch bei den anderen. Sie musste gewinnen. Um ihres Auftrags und ihrer Ehre willen. Und um zu überleben.

Sie schüttelte den Kopf.

Derawat presste die Lippen zusammen, trat zurück und nahm eine geduckte Kampfhaltung ein. „Mohayli gibt das Zeichen."

Meilin schüttelte Arme und Beine aus, um sich zu lockern. Ein kurzer Zweifel befiel sie: Hatten die Meister zu Hause zu oft absichtlich gegen sie verloren, sodass sie sich nun überschätzte? Was war, wenn Derawat haushoch gegen sie gewann?

Nein! Solche Gedanken waren Gift. Sie musste jetzt Ruhe bewahren.

Ein kleiner Junge gab ein Handzeichen und rief: „Los!"

„Du schaffst das, Meilin!", schrie Conor.

Sein Glaube an sie machte sie froh, doch sie ließ sich durch den Zwischenruf nicht ablenken.

Derawat tänzelte leichtfüßig auf sie zu und ließ seine Muskeln spielen. Meilin stand fest mit beiden Beinen auf dem Boden und blickte ihm mit erhobenen Fäusten entgegen. Er täuschte einige Angriffe vor, aber Meilin zuckte nicht mit der Wimper. Dann kam er noch näher heran, um sie zu einem Angriff zu verleiten, aber sie widerstand der Versuchung. Zuerst wollte sie herausfinden, wie schnell er wirklich war.

Bald wurde Derawat ungeduldig und holte zum ersten richtigen Schlag aus. Meilin sprang zur Seite. Derawat fing sich sofort wieder und ließ eine ganze Kaskade von Schlägen folgen. Sie musste sich drehen und ducken, um nicht getroffen zu werden.

Ihr Gegner war schnell, sie durfte sich keinen einzigen Fehler erlauben. Sie ließ sich von ihm immer weiter rückwärts bis an den Rand des Kampfplatzes treiben.

Derawat fiel prompt auf ihre List herein und jetzt gab ihm Meilin eine Kostprobe ihres Könnens. Statt auszuweichen, rannte sie geduckt auf ihn zu, schlüpfte unter seinem Schlagarm hindurch, schlug ihn dreimal, links-rechts-links, seitlich und von hinten gegen den Oberschenkel und sprang weg, bevor er zurückschlagen konnte.

„Drei", rief Mohayli sichtlich verblüfft und hielt drei Finger hoch.

Meilin hörte, wie Conor und Rollan sie begeistert anfeuerten, versagte sich aber jeden Triumph, um nur nicht in der Konzentration nachzulassen.

Derawat blickte auf sein Bein hinunter. Meilin hatte die Schläge absichtlich so verteilt, dass die Schlammmarkierungen auf seiner Haut weithin sichtbar waren. Jetzt sah er seine Gegnerin voller Respekt an. Das Bein zog er ein wenig nach. Meilin wusste genau, wo sie seine Schenkel treffen musste, um ihn zu behindern.

Vorsichtig näherte sich Derawat ihr mit erhobenen Händen, jederzeit bereit, vorzuspringen oder zurückzuweichen. Meilin bedauerte, dass er sie nun nicht mehr unterschätzte, denn das hätte alles leichter für sie gemacht.

Und dann griff er ganz plötzlich an. Zwei Mal spürte Meilin den Luftzug seiner Faust, den dritten Schlag konnte sie abblocken. Fast hätte sie ihn beim Zurückschlagen an den Rippen erwischt, doch er sprang gerade noch rechtzeitig zur Seite.

Die folgenden Attacken kamen langsamer, fast zögerlich.

Er schien jederzeit mit einem Gegenangriff zu rechnen. Jetzt blieb ihr nichts anderes übrig, als selbst zum Angriff überzugehen. Sie täuschte geschickt zwei Attacken vor. Bei der dritten hob er beide Hände, um sich zu verteidigen, und sie schlüpfte rasch unter ihm hindurch und schlug ihn heftig zweimal gegen den Bauch, dann gegen den Schenkel, gegen die Seite, wieder gegen den Bauch und gegen das Knie. Dazwischen wehrte sie noch drei Angriffe von ihm ab. Mit einem Überschlag brachte sie sich anschließend auf der gegenüberliegenden Seite des Platzes in Sicherheit.

„Fünf Treffer für Meilin", verkündete Mohayli.

„Sechs", korrigierte Derawat mit schmerzverzerrtem Gesicht. Der Schlag gegen sein Knie war heftig gewesen und mit ihren Abwehrschlägen hatte Meilin empfindliche Stellen seiner Handgelenke getroffen. Zwar war er viel stärker als sie, aber sie verstand es, alle Kraft in ihre Schläge zu legen und sehr genau zu zielen.

Ungläubig sah er sie an, während er sein schmerzendes Knie bewegte. Meilin erwiderte seinen Blick ernst. Triumph hätte ihn nur gedemütigt und seinen Widerstand angestachelt. Sie blendete die Zuschauer total aus und wartete am Rand des Kampfplatzes, während Derawat zur Mitte ging. Er schüttelte den Kopf und winkte sie zu sich.

Meilin ging mit herunterhängenden Händen langsam auf ihn zu. Derawat setzte zu einem Überraschungsschlag an, doch sie wich ihm blitzschnell aus und traf ihn zweimal unterhalb der Rippen.

„Zwei", rief Mohayli. „Das macht insgesamt zehn Punkte für das Mädchen."

Meilin trat zurück und Derawat bestätigte ihren Sieg mit einem Nicken. Meilin erwiderte das Nicken höflich.

Im Nu wurde sie von Tarik, Barlow, Monte, Rollan und Conor umringt und so sehr mit Lob überschüttet, dass ihr ganz warm ums Herz wurde. Bisher hatten nur ihre Trainer sie kämpfen sehen und die hatten sie nie so gelobt wie jetzt ihre Gefährten.

Tarik legte ihr seine Hand auf die Schulter. „Du steckst voller Überraschungen, Meilin. So schnell werde ich nicht mehr an dir oder an Essix zweifeln. Wir sind froh, dass du bei uns bist."

Arax

Bereits einen Tag, nachdem sie weitergezogen waren, entdeckte Scrubber, der Waschbär, drei erstaunlich große Abdrücke eines Schafsfußes. Sie befanden sich jetzt mitten in der Wildnis, weit und breit gab es keinen Weg. Die Fußabdrücke waren schon älter und nur deshalb erhalten geblieben, weil Arax über eine schlammige Stelle gelaufen war, die danach eingetrocknet war.

Während die anderen aufsaßen, um weiterzureiten, blieb Rollan am Boden knien und fuhr die Umrisse der Spuren mit dem Finger nach. Dabei versuchte er, sich vorzustellen, wie groß Arax tatsächlich war. Die Abdrücke waren viel größer als die eines Pferdes, der Widder musste ein Riese sein.

„Kommst du?", fragte Conor.

Rollan hob den Kopf. Briggan hatte an der Fährte geschnüffelt und war dann zu Barlow nach vorn gelaufen. Nur Conor hatte gewartet.

„Hast du schon mal so große Schafe gehütet?", fragte Rollan. Er stand auf und ging zu seinem Pferd.

Conor lachte. „Wir hatten einige Prachtexemplare, aber die waren nicht annähernd so groß."

Rollan schwang sich in den Sattel und blickte noch einmal zu den Spuren zurück. „Wollen wir diesem Tier wirklich begegnen?"

Conor zuckte mit den Schultern. „Wir haben keine Wahl, wir brauchen den Talisman." Er setzte sein Pferd mit einem sanften Tritt in Bewegung.

Rollan folgte seinem Beispiel und ritt neben ihm her. „Der Talisman ist angeblich ein Widder aus Granit. Das sagt zumindest Tarik."

„Stimmt. Und seine Kraft ist dann bestimmt so groß wie die des Widders."

„Dann sollten wir uns besser zurückhalten und Meilin die Verhandlungen überlassen."

Conor lachte. „Das war eine tolle Nummer eben."

„Ich bin auf den Straßen einer großen Stadt aufgewachsen", sagte Rollan. „Ich habe jede Menge Prügeleien erlebt – unter Kindern und unter Erwachsenen – und bei einigen davon tüchtig mitgemischt. Aber ich habe noch nie jemanden kämpfen sehen wie Meilin."

„Hast du mitgekriegt, wie schnell sie zuschlägt? Sie würde mich zehnmal treffen, bevor ich sie dreimal erwischt hätte."

„Und deine Schläge würde sie mit Leichtigkeit abblocken.

Mir würde es bestimmt genauso ergehen. Was machen wir also überhaupt hier?"

„Das frage ich mich schon die ganze Zeit", murmelte Conor. „Nun, wir haben immer noch unsere Seelentiere."

Rollan blickte zum Himmel auf. Essix war nirgends zu sehen. „Du wenigstens. Wie schaffst du es eigentlich, dich so gut mit Briggan zu verstehen?"

„Ich rede mit ihm und spiele mit ihm", sagte Conor. „Du siehst doch, was ich mache. Ich gebe ihm nicht heimlich Unterricht, wenn alle schlafen."

„Ich rede auch mit Essix, wenn sie in der Nähe ist", sagte Rollan. „Aber ich habe das Gefühl, dass sie sich bloß mit mir abgefunden hat – von Freundschaft keine Rede."

„Ich weiß nicht, ob ich Briggan wirklich verstehe. Aber wir sind uns näher als zu Anfang. Trotzdem macht er oft, was er will, läuft weg und schnuppert an allem."

„Dafür kommt er aber immer wieder zu dir zurück und hört auf dich."

„Wenn es darauf ankommt, wird Essix an deiner Seite sein", sagte Conor.

„Wahrscheinlich hast du Recht. Ich hatte immer einen guten Blick für Menschen. Den braucht man auch, wenn man auf der Straße lebt. Wenn ich nicht aufgepasst hätte, wäre ich einer Menge zwielichtiger Leute zum Opfer gefallen. Seit Essix da ist, kann ich die geheimen Absichten anderer Menschen noch besser erkennen."

„Das ist sehr nützlich."

„Wenn ich sie doch nur in den Ruhezustand versetzen könnte."

„Ich habe dasselbe Problem mit Briggan."

Rollan schnaubte. „Nur unsere Oberzicke konnte das natürlich von Anfang an. Ich würde mich ja ein wenig von ihr unterrichten lassen, aber sie redet ja nicht mit uns."

„Wir sollten nicht zu streng mit ihr sein. Sie ist sicher bloß ein wenig schüchtern."

Rollan lachte. „Das glaubst du doch selbst nicht! Ich weiß, du bist ein ganz Netter und kommst vom Lande, aber so blind kannst nicht mal du sein."

Conor wurde ein wenig rot. „Du meinst, sie hält sich wirklich für was Besseres?"

„Das hast jetzt du gesagt."

„Vielleicht ist sie es ja auch."

Rollan lachte wieder. „Womöglich hast du Recht. Kämpfen kann sie jedenfalls besser als wir. Und sie hat ihr Seelentier deutlich besser im Griff. Sie ist reich, sie ist schön und ihr Vater ist ein großer Feldherr."

„Aber wir gehören zur selben Mannschaft", sagte Conor. „Wir sind alle unterschiedlicher Herkunft, als Grünmäntel sind wir gleich."

Rollans Miene verdüsterte sich. „Schon kapiert. Ich bin also das schwarze Schaf. Ihr seid alle Grünmäntel – ich nicht. Warum macht ihr mir eigentlich dauernd Druck?"

Conor hielt Rollans Blick stand. „Der Druck, den du spürst, nennt man Gewissen."

„Davon hab ich noch nie was gehört. Meine Mutter hat mich verlassen, bevor sie mir davon erzählen konnte."

„Ich hab auch nicht von goldenen Tellern gegessen. Mein Vater hat mich an einen Lord ausgeliehen, bei dem ich seine Schulden abarbeiten musste", gab Conor zurück.

Rollan gefiel es gar nicht zu hören, dass auch andere Menschen es in ihrer Kindheit nicht leicht gehabt hatten. Aber selbst aus seiner Eingeschnapptheit machte er, typisch Rollan, noch einen Witz: „Meine schlimme Kindheit ist das einzig Interessante an mir! Mach mir die bitte nicht auch noch streitig."

Wider Willen musste Conor lachen. „Du kennst meinen Vater nicht, wenn er schlechte Laune hat. Aber gut, du hast gewonnen."

„Schön, wenn man wenigstens einmal gewinnt", sagte Rollan.

Später an diesem Tag wurde der Wind stärker. Wolken zogen auf und der Himmel schimmerte in dunklem Violett. Es wurde kälter, und Conor riet Rollan, sich eine Decke um den Mantel zu wickeln.

„Du brauchst mehrere Schichten", sagte er, während er sich ebenfalls eine Decke umhängte. „Wer einmal ausgekühlt ist, wird nur langsam wieder warm."

„Glaubst du, es wird noch kälter?", fragte Rollan.

„Der Himmel gefällt mir nicht", sagte Conor. „Da zieht ein Unwetter auf."

„Du hast ein gutes Gespür für Wetterwechsel", sagte Barlow, der sich hatte zurückfallen lassen und nun neben den beiden herritt. „In einer flacheren Gegend hätte ich jetzt Angst vor einem Tornado."

„Einem Tornado!", rief Rollan und blickte in den dunklen Himmel hinauf. War ja klar, dass jetzt gleich ein Wirbelsturm kommen würde. Sonst hätten sie es mit Arax einfach zu leicht gehabt. „Sind Stürme im Gebirge nicht besonders schlimm? Sie könnten uns in den Abgrund blasen."

Das Gelände war schon den ganzen Tag über immer rauer geworden, die Schluchten tiefer und steiler und die umliegenden Gipfel höher. Sie passierten einige Kiefern mit seltsam verdrehten Ästen. Dann ritten sie nur noch über nackten Fels und Geröllhalden. Rollan bewegte sich nur mit dem größten Widerwillen so nahe am Steilhang fort. Denn ein gebrochenes Bein oder Ähnliches konnte er nun wirklich nicht brauchen.

„Im Gebirge sind Wirbelwinde seltener als im Flachland", sagte Barlow. „Trotzdem kann es hier sehr unangenehm werden. Ein Sturm reicht schon. Oder Regen. Auch ein Schneesturm ist möglich."

„Wir könnten den Felsüberhang dort zum Unterstellen nutzen", sagte Conor und zeigte voraus. „So wären wir vor Regen geschützt, jedenfalls solange der Wind nicht dreht. Die Kiefern am Fuß der Wand wären ein zusätzlicher Schutz. Und die vielen höher gelegen Felsen würden die Blitze ablenken."

„Gute Idee!", meinte Barlow anerkennend. „Da kennt sich ja jemand aus!"

Conor senkte den Blick, aber Rollan wusste, dass er sich freute. „Das kommt daher, dass ich Schafe hüten musste."

„Monte!", rief Barlow. „Conor schlägt vor, am Fuß der Felswand da vorn abzuwarten, wie das Wetter wird."

Monte hielt an. „Ein vernünftiger Vorschlag."

„Warte ab, bis wir einmal in der Stadt sind und uns in einem zwielichtigen Viertel Essen zusammenbetteln müssen", sagte Rollan zu Conor. „Dann musst du dich auf meine Künste verlassen und bist froh, dass ich mitgekommen bin."

„Ich bin doch jetzt schon froh darüber", sagte Conor versöhnlich. Ein Windstoß riss ihm fast die Decke von den Schultern, er musste sie mit der Hand festhalten. „Du solltest besser Essix herrufen."

Rollan konnte die Silhouette des Falken vor dem finsteren Himmel nirgends erkennen. „Essix!", brüllte er. „Komm her! Da braut sich ein Sturm zusammen!"

Die nächste Bö trieb ihm etwas, was sich wie kleine Kiesel anfühlte, ins Gesicht. Klackend fielen die Steinchen zu Boden. Dann legte sich der Wind. Doch der Himmel über ihm blieb leer.

„Hagel!", brüllte Barlow. „Reitet zur Felswand!"

Etwas traf Rollan am Kopf. Obwohl er eine Kapuze trug, tat es höllisch weh. Jetzt erst wurde ihm klar, das die vermeintlichen Kiesel in Wahrheit kleine Kugeln aus Eis waren, die immer größer wurden.

Conor galoppierte los. Auch Rollan stieß seinem Pferd die Fersen in die Flanken und riss an den Zügeln. Das Pferd fiel in einen Galopp, doch im selben Augenblick ging es erst richtig los: Hagelkörner trommelten auf die Felsen und sprangen in alle Richtungen.

Ein Hagelkorn traf Rollan schmerzhaft an der Hand. Er senkte den Kopf, um sein Gesicht zu schützen. Wieder trieb ein Windstoß ihm einen Geschosshagel entgegen. Tarik und Meilin waren bereits beim Felsüberhang angekommen. Monte würde der Nächste sein, gefolgt von Conor. Barlow war noch ein Stück entfernt.

Ein Hagelkorn traf Rollan mitten auf die Stirn. Bevor er wusste, wie ihm geschah, war er schon im Sattel zur Seite gekippt und hing im schrägen Winkel über der Flanke des Pferdes. Ein Fuß steckte noch im Steigbügel, aber er konnte jederzeit weiter abrutschen und auf den Boden fallen, der mit rasender Geschwindigkeit unter ihm vorbeisauste. Er streckte sich und schlang die Arme um den Hals des Pferdes. Wenn er bei dieser Geschwindigkeit hinunterfiel, verletzte er sich schwer. Da wurde sein Pferd plötzlich langsamer. Eine starke Hand packte ihn an der Schulter und richtete ihn im Sattel auf.

„Alles in Ordnung?", brüllte Barlow durch das Geheul des Windes und das Prasseln des Hagels.

Rollan nickte schwach. Schließlich lebte er noch, angesichts der Umstände war dies das reinste Wunder.

„Reiten wir weiter!", rief er.

Es hagelte noch immer, was das Zeug hielt. Die kleinsten Hagelkörner waren so groß wie Rollans Daumen, andere so groß wie seine Faust. Er spürte das Keuchen des Pferdes, während sie auf den Unterstand zuhielten.

Dort angekommen, sprangen sie sofort aus dem Sattel. Rollan spürte einen metallischen Geschmack im Mund. Jetzt erst bemerkte er, dass aus einer klaffenden Wunde am Haaransatz Blut über sein Gesicht strömte.

Auf das Geheiß Tariks hin musste er sich setzen und mit dem Rücken an den Felsen lehnen. Der erfahrene Grünmantel zog ein sauberes Tuch aus seiner Wamstasche und säuberte damit notdürftig Rollans Wunde. Um sie herum prasselte der Hagel mit unverminderter Wucht nieder.

Conor half Barlow und Monte dabei, die Pferde so zu gruppieren, dass sie zusätzlichen Schutz vor dem Wind boten. Meilin kam mit Jhi und hockte sich neben Rollan. Die Pandabärin beugte sich über ihn und leckte ihm die Stirn.

„Sieh dir das an", sagte Tarik.

„Was denn?", fragte Rollan. Das Brennen auf seiner Stirn ließ auf einmal nach. „Die Wunde beginnt bereits, sich zu schließen", sagte Tarik und sah Meilin an. „Wusstest du, dass Jhi das kann?"

„Ich habe sie freigegeben, damit sie Rollan helfen kann", sagte Meilin. „Es heißt ja, sie habe heilende Kräfte."

„Es war nur eine Platzwunde", sagte Tarik, „aber sie hätte normalerweise noch stark nachgeblutet. Doch Jhi hat die Heilung auf wundersame Weise beschleunigt. Du hast Glück."

„Nennst du das etwa Glück, wenn man von einem Eisberg am Kopf getroffen wird?", fragte Rollan.

„Glück ist, wenn kein Schaden entsteht", erwiderte Tarik.

Rollan sah Meilin und Jhi ein wenig zerknirscht an. „Danke, das war lieb von euch. Jetzt komme ich aber, glaube ich, wieder allein zurecht." Ihm war zwar noch ein wenig schwindlig, aber er wollte nicht noch mehr Pandaspucke im Gesicht haben.

„Gern geschehen", sagte Meilin.

Während Barlow und Monte versuchten, ein Feuer anzuzünden, kümmerte sich Tarik darum, dass alle möglichst dick vermummt waren. Der Wind heulte, aber der Überhang hielt das Schlimmste von ihnen ab. Die Hagelkörner schrumpften auf Murmelgröße und sammelten sich in den Wehen.

„So einen furchtbaren Hagel habe ich noch nie erlebt", sagte Monte, der seine fruchtlosen Versuche, Feuer zu machen, aufgab. Alle drängten sich dicht aneinander, um sich wenigstens ein bisschen zu wärmen. „Das kann kein Zufall sein."

„Arax will uns wohl vertreiben", meinte Meilin.

„Dann muss er schon mehr aufbieten als das bisschen Eis", sagte Tarik.

„Sag das mal meinem Kopf", brummte Rollan. „Das Feuer will nicht angehen?"

Monte schüttelte den Kopf.

„Zu viel Wind", erklärte Barlow. „Und kein trockener Zunder."

Rollan blickte zwischen den Beinen der Pferde hindurch. Der Hagel wurde fast waagrecht über den Boden getrieben. Angestrengt spähte er noch einmal nach Essix, doch sie blieb verschwunden.

„Glaubt ihr, Essix ist etwas zugestoßen?" Er wagte kaum, die Frage auszusprechen.

„Sie ist wahrscheinlich nur irgendwo untergeschlüpft", meinte Barlow. „Eigentlich müsste ihr Instinkt sie in solchen Situationen schützen."

„Hoffentlich hört dieses Höllengewirbel bald auf", seufzte Monte.

„Wir warten", sagte Tarik. „Jedes Unwetter hat irgendwann ein Ende."

Rollan nickte zögernd. Er wusste nicht, was er mehr fürchten sollte: das Unwetter oder den Widder, der es geschickt hatte.

Bei Einbruch der Nacht hörte es auf zu hageln. Kaum hatte der Wind sich gelegt, konnten Barlow und Monte Feuer machen. Im Lauf der Nacht wurde es wärmer und als der Morgen dämmerte, war das Eis bereits vollständig geschmolzen.

Kurz nach Sonnenaufgang tauchte auch Essix wieder auf. Ihr Gefieder glänzte, das Unwetter hatte ihr offenbar nichts anhaben können. Rollan begrüßte sie freudig und fütterte sie mit Vorräten aus seinen Satteltaschen. Barlows Worte hatten ihn nicht beruhigen können. Er hatte gefürchtet, das

Gefieder des Falken könnte schlimm zugerichtet sein. Aber Essix ließ sich nichts anmerken und flog nach dem Fressen sofort wieder davon.

Nach zwei weiteren Tagen, in denen sie nur langsam vorankamen, stießen sie wieder auf die Fährte des Riesenwidders. Diesmal fand Briggan sie noch vor Scrubber.

„Nicht mehr ganz frisch, aber auch nicht besonders alt", sagte Monte, nachdem er einige Fußabdrücke untersucht hatte. „Höchstens drei Tage, vielleicht auch nur zwei."

„Dann sind wir schon ziemlich dicht an ihm dran", meinte Rollan und zeigte auf einige Büsche. „Wer Lust hat, kann sich ja sicherheitshalber dort verstecken."

Monte kicherte. „Keine schlechte Idee."

Sie folgten einem Bergkamm in eine noch zerklüftetere Gegend. In der kalten, dünnen Luft roch es nach Granit und ein wenig nach Kiefernharz. Der Bewuchs wurde immer dünner. Nur noch einige kleine immergrüne Pflanzen klammerten sich an die letzten Erdreste. Zeitweise führte ihr Weg über Felsvorsprünge, die kaum breit genug für die Pferde waren. Einmal ritten sie einen Sims entlang, von dem der Felsen links schwindelerregend in die Tiefe abfiel und rechts senkrecht in die Höhe stieg. Rollan wollte gar nicht daran denken, was geschehen konnte, wenn sein Pferd stolperte. Die Spuren waren auf dem steinigen Boden immer schwerer zu erkennen, doch Briggan schien den Weg genau zu kennen.

Nachmittags gelangten sie erneut an eine gefährliche Stelle, die die Pferde nicht passieren konnten. Sie nahmen ihr wichtigstes Gepäck und die Waffen an sich und Barlow und Monte legten den Pferden Fußfesseln an. Dann gingen sie zu Fuß weiter. Mit dem Rücken an den Felsen gedrückt, schoben sie sich seitlich einer schmalen Felsklippe entlang. Unmittelbar vor ihren Füßen gähnte der Abgrund. Rollan beneidete Essix, die frei und sicher über ihnen durch die Luft glitt, während alle anderen in tödlicher Gefahr schwebten. Doch glücklicherweise verlor niemand das Gleichgewicht und Briggan rannte leichtfüßig ans andere Ende. Dort angekommen, erblickten sie Arax.

Vier Gipfel ragten vor ihnen auf, miteinander verbunden durch hohe Bergsättel. In einigen schattigen Senken lag Schnee. Der Widder stand im Gegenlicht auf einer felsigen Anhöhe. Selbst aus der Ferne sah man, dass er riesig war. Auf seinem gewaltigen Schädel saßen zwei mächtige krumme Hörner. Einen Moment lang standen alle wie erstarrt da, dann sprang Arax von seinem Felsen herunter und verschwand.

„So nahe sind wir ihm beim ersten Mal nicht gekommen", sagte Barlow und strich sich nervös mit der Hand über die Lippen.

„Wenn es doch noch heller wäre", meinte Tarik grimmig.

„Er hat uns gesehen", sagte Barlow. „Wenn wir jetzt Pause machen, ist er morgen vielleicht schon über alle Berge."

„Dann sollten wir erst recht warten – wenn uns unser Leben lieb ist", sagte Monte trocken.

Tarik, Briggan und Conor gingen voraus. Sie stiegen vorsichtig einen Geröllhang hinunter. Es sah so aus, als wäre hier einmal ein gewaltiger Bergsturz zum Stillstand gekommen.

Weiter unten ging die Geröllhalde in einen weiteren Steilhang über. Sie bogen um eine hoch aufragende Felswand. Vor ihnen erstreckte sich ein vergleichsweise langer und breiter Sims, der auf der einen Seite an die Felswand grenzte. Auf der anderen ging es senkrecht ins Tal hinunter. Auf dem Sims wartete Arax.

Sein Fell glänzte wie dunkles Silber, seine breiten Hufe leuchteten golden. Er hatte einen kräftigen Rumpf und Hals und Oberschenkel waren sehr muskulös.

Rollan starrte ihn voller Staunen an. Im Angesicht des mächtigen Tieres kam er sich selbst wie ein Zwerg vor. Dieses Tier war älter als die Menschheit, und plötzlich schien es Rollan ganz und gar unrecht, diesen König der Berge zu bestehlen. Vielmehr sollte man ihn verehren, dachte er. Ein Blick auf seine Gefährten zeigte ihm, dass auch sie vor Ehrfurcht erstarrt waren.

Arax zuckte mit den Ohren, schnaubte und stampfte trotzig mit den Vorderbeinen auf. Rollan wusste nicht, was das Tier von ihnen erwartete. Sollten sie es ansprechen? Weglaufen? Sich verbeugen? Der Blick seiner dottergelben Augen war verstörend, seine Pupillen waren nur waagrechte Schlitze.

„Ihr sucht mich", rief Arax mit volltönender Stimme.

Rollan hätte nicht sagen können, ob der Widder wirklich gesprochen hatte oder ob er ihn nur in seinen Gedanken hörte. „Zweien von euch bin ich schon einmal begegnet. Ich habe euch in Frieden ziehen lassen. Warum seid ihr zurückgekehrt?"

„Eine Vision von Briggan hat uns zu diesem Ort geführt", sagte Barlow.

Arax legte den Kopf schräg. „Briggan?" Er blähte die Nüstern. „Ja ... Ich habe so etwas gespürt. Und jetzt erkenne ich die beiden auch. Sie haben sich verändert seit unserer letzten Begegnung. Briggan und Essix. Ihre Zeit ist wieder gekommen."

Rollan sah seinen Falken am Himmel kreisen.

Meilin rief Jhi aus dem Ruhezustand. Der Panda blickte Arax an.

„Jhi!" Arax nickte. „Und wo ist Uraza?"

„Sie ist nicht bei uns", erklärte Tarik. „Aber auch sie ist noch einmal in dieser Welt erschienen."

„Ich heiße euch Gefallene willkommen", sagte Arax. „Zwar seid ihr noch schwach wie Kinder im Vergleich zu eurer früheren Macht, aber das Große wächst immer aus dem Kleinen."

„Nicht nur die Vier Gefallenen sind zurückgekehrt", sagte Tarik. „Auch der Große Schlinger ist wieder da."

„Aha", sagte Arax, „ihr sucht also Rat. Alte Mächte sind zurückgekehrt. Man kann ein Großes Tier einsperren, aber nicht für immer. Gerathon und Kovo regen sich wieder."

Tarik erschrak. „Hat der Affe sich befreit? Ist die Schlange entkommen?"

„Es ist nur eine Frage der Zeit. Ich spüre die Veränderung nicht so stark wie die anderen Großen Tiere. Tellun ist eines der bedeutendsten."

Briggan bellte.

Arax senkte die Hörner. „Und Briggan war es – zu seiner Zeit. Und noch einige andere."

„Der Schlinger will sich deinen Talisman holen", sagte Tarik. „Deshalb bitten wir dich, ihn uns zu überlassen – nur vorübergehend, als Leihgabe. Wir brauchen ihn, damit Erdas nicht untergeht in dem Krieg, der uns bevorsteht."

Arax schnaubte und stampfte mit den Beinen auf. Seine Hufe klangen auf dem nackten Fels wie Vorschlaghämmer. „Meinen Talisman? Seid ihr von Sinnen? Wage es bloß nicht, diese törichte Bitte zu wiederholen."

Essix landete auf Rollans Schulter und schrie. Rollan spürte seine Krallen durch den Mantel.

Er schluckte und räusperte sich. „Essix ist anderer Meinung", sagte er.

Der Blick der gelben Augen richtete sich auf ihn. „Ich verstehe sie besser als du", polterte Arax. „Die Gefallenen hielten damals den vereinten Widerstand gegen den Schlinger für die beste Lösung. Aber wie ihr Name schon sagt: Sie sind gefallen."

Briggan knurrte. Essix schrie erneut und breitete die Flügel aus. Sogar Jhi richtete sich auf und fixierte Arax.

„Immerhin konnten sie den Schlinger aufhalten", sagte Tarik. „Und Kovo und Gerathon einsperren."

„Aber war es richtig, sie einzusperren?", erwiderte Arax. „Das hat nur ihren Hass auf die Menschen genährt. Wirklich vernichten kann man sie nicht, solange unsere Weltordnung besteht, denn auch sie sind ein Teil davon. Wenn Angehörige unserer Art in Streit aneinandergeraten, bringt das ganz Erdas Unglück. Besser, jeder von uns lebt für sich in seinem Reich. Im letzten Krieg habe ich niemandem meinen Talisman gegeben und so wird es auch diesmal sein." Der Widder hob ein letztes Mal seinen Huf und schlug damit auf den Felsen. „Ich habe gesprochen."

„Gibt es denn nichts, was wir tun können?", fragte Rollan ungläubig.

„Bedenke doch, wir brauchen den Talisman", bat Tarik. „Unsere Feinde werden nicht nachgeben, bis sie ihn haben, deshalb müssen auch wir beharrlich bleiben."

Arax hob ruckartig den Kopf und blähte die Nüstern. Seine Ohren zuckten. „Verräter!", brüllte er. Ein Flackern trat in seine Augen. „Fremde nähern sich! Ihr habt mich belogen, Uraza ist bei ihnen. Das werdet ihr mir büßen!"

Er richtete sich auf den Hinterbeinen auf, warf sich nach vorn und griff Tarik an.

Feinde

Tarik wich dem Angriff mit knapper Not aus. Die mächtigen Hörner des Widders stießen mit der Gewalt eines Erdbebens gegen die Felswand. Steine flogen durch die Luft und ein Netz von Rissen breitete sich auf der Oberfläche der Wand aus. Der Sims unter Meilins Füßen bebte.

Tarik zog sein Schwert und sein Otter erschien. Arax griff erneut an, aber diesmal sprang Tarik elegant zur Seite.

Der Sims, auf dem sie standen, war breit, führte gerade an der Felswand entlang und wurde immer schmaler. Auf der anderen Seite ging es senkrecht in eine Schlucht hinunter.

Jetzt weckte Barlow seinen Grizzly. Jools attackierte sofort den Widder und warf sich gegen einen seiner Hinterläufe. Arax musste einige Trippelschritte machen, um nicht zu stürzen. Doch dann schlug er mit aller Kraft nach hinten aus und streifte den Bären mit einem seiner riesigen Hufe. Jools flog den Sims entlang.

Meilin rannte ein Stück zurück, um nach den Fremden Ausschau zu halten, die Arax so zornig gemacht hatten. Hoffentlich brachte Uraza Verstärkung mit – gegen diese Urgewalt von einem Widder konnten sie einen zweiten Trupp Grünmäntel gut gebrauchen. Meilin bog um die Felswand und spähte den steinigen Hang hinauf.

Eine Gruppe von etwa zehn Leuten kam ihr von oben entgegen. Sie trugen keine grünen Mäntel, aber einige von ihnen wurden von Seelentieren begleitet. Neben einem Leoparden kletterte ein Mädchen, das offenbar aus Nilo stammte, leichtfüßig über das Geröll. Der Leopard, ein prächtiges Tier, bewegte sich mit der Anmut und der Kraft der Großkatzen. Das Mädchen war schlank und groß für sein Alter und wirkte sehr selbstbewusst. Mädchen und Leopard bewegten sich im selben Rhythmus. Das mussten Uraza und seine Partnerin sein.

Meilin entdeckte außerdem einen Pavian, einen Vielfraß, einen Puma und einen amayanischen Kondor mit ausgebreiteten Schwingen. Sie kannte diese Tiere aus den Zoos von Zhong, aber sie in freier Wildbahn vor sich zu haben, statt sie in einen Käfig gesperrt zu sehen – das war doch etwas ganz anderes.

„Das sind keine Grünmäntel!", rief sie den anderen zu.

„Das war kein Hinterhalt!", brüllte Tarik, an Arax gewandt. „Die Leute, die da kommen, sind unsere Feinde!"

Doch der Widder hatte kein Einsehen und griff erneut an. Tarik musste zur Seite springen. Jetzt wäre der Moment gewesen, um dem Widder einen Schwerthieb zu verpassen, aber Tarik ließ die Gelegenheit ungenutzt verstreichen.

„Freund, Feind, einerlei! Ihr wollt doch alle nur eins", tobte Arax. „Nämlich meinen Talisman stehlen!"

Während Barlow und Tarik weiter gegen Arax kämpften, liefen Rollan, Conor und Monte zu Meilin.

„Das ist Zerif!", rief Rollan.

Der Mann mit dem Kinnbart hob den Kopf und grüßte. Neben ihm lief ein Schakal. „So sieht man sich wieder!", rief er, ohne stehen zu bleiben. „Die Farbe deines Mantels gefällt mir, Rollan. Du hast dich also nicht von ihnen einlullen lassen."

„Wollt ihr gegen uns kämpfen?", fragte Rollan.

„Nicht, wenn ihr euch uns anschließt", erwiderte Zerif und lachte. „Such den Talisman, Sylva."

Aus dem Tattoo am Handgelenk einer Frau aus der Gruppe befreite sich eine Vampirfledermaus. Die Frau hielt sie mit beiden Händen fest, ihre Augen waren geschlossen. Als sie die Augen öffnete, stellte Meilin fest, dass sie schwarz waren. „Fertig", sagte die Fremde.

„Dann hole uns das Kleinod", befahl Zerif. „Wir räumen währenddessen hier auf."

Während die Frau sich entfernte, kletterten ihre Gefährten weiter hangabwärts. „Abeke!", rief Meilin dem dunkelhäutigen Mädchen entgegen. „Wir haben dich gesucht, du gehörst zu uns. Warum hilfst du diesen Leuten?"

„Sie will, dass Uraza diesmal auf der richtigen Seite

kämpft", sagte der Junge, zu dem der Vielfraß gehörte. „Es muss endlich Schluss sein mit der Alleinherrschaft der Grünmäntel."

Briggan sträubte knurrend die Nackenhaare, Uraza fauchte. Meilin spürte die aggressive Spannung zwischen den beiden wilden Tieren und hielt ihren Kampfstab fester.

„Wir ziehen uns zurück", rief Monte und zog sich hinter die schützende Felswand zurück. „Die kommen von oben herunter. Hier können sie uns erst sehen, wenn sie auch auf dem Sims stehen. Dann kämpfen wir zumindest auf gleicher Höhe."

Er hatte Recht. Meilin zog sich zusammen mit den anderen zurück. Ihr war ganz flau im Magen, denn sie hatte noch nie an einem richtigen Kampf teilgenommen! Selbst der Zweikampf mit dem Rabenmann war festen Regeln gefolgt. Aber hier ging es um Leben und Tod und alles war erlaubt. Kannten ihre Gegner überhaupt irgendwelche Skrupel?

Jhi versuchte gerade seelenruhig, ein paar dürre Gräser aus einer Felsspalte zu rupfen. „Jhi! Willst du mir helfen, wie Lumeo Tarik hilft? Wir sind in Not. Ich brauche alle Kraft, die du mir geben kannst."

Die Pandabärin blickte sie nur ausdruckslos an und zupfte dann wieder an dem Unkraut. Meilin wandte sich ungeduldig ab.

Conor trat ständig von einem Fuß auf den anderen und hielt seine Axt so fest umklammert, dass die Knöchel an seiner Hand weiß hervortraten. Briggan lief mit gesträubtem Fell neben ihm auf und ab.

„Du machst das bestimmt gut", sagte Meilin zu Conor.

Er sah sie an und lächelte nervös. „Ich habe viel Holz gehackt. Wenn die Gegner sich nicht zu schnell bewegen, treffe ich sie."

Meilin lachte. Conor musste wirklich mutig sein, wenn er in so einer Situation noch Witze machen konnte.

Rollan rief die hoch am Himmel kreisende Essix. „Kannst du uns jetzt bitte helfen?" Er klang wütend.

Meilin warf einen Blick über die Schulter. Barlow lag unter Arax und wand sich hin und her, um nicht von den tödlichen Hufen getroffen zu werden, doch Tarik und Jools eilten ihm zu Hilfe. Sie blickte wieder nach vorn und sah einen Amayaner auf einem Büffel herbeireiten. Weitere Feinde kamen in Sicht und Meilin und ihre Gefährten machten sich bereit.

Es kam zu einem Handgemenge, von dem Meilin nur Ausschnitte mitbekam. Briggan schnappte nach dem Bauch des Büffels. Conor holte mit seiner Axt weit aus, um sich eine angreifende Bergziege vom Leib zu halten. Rollan schwang seinen Dolch, während er sich zurückzog. Monte schoss mit einer Schleuder einen Stein ab. Meilins Aufmerksamkeit galt vor allem einer Frau mit einem Puma, die sich ihr unerschrocken näherte.

Sie duckte sich und nahm ihre Kampfhaltung ein. Jhi stellte sich neben ihr auf die Hinterbeine. Die Frau sprang mit erhobenem Speer auf Meilin zu, das Gesicht zu einer hasserfüllten Grimasse verzerrt. Meilin war überrascht, wie weit die Angreiferin springen konnte. Sie drückte den Speer mit ihrem Kampfstab zur Seite, dann schlug sie der Frau damit gegen die Schläfe. Ihre Gegnerin ging augenblicklich zu Boden und blieb reglos liegen.

Nun wandte sich Meilin dem Puma zu, der gewiss seine Partnerin rächen wollte. Die Raubkatze hatte sich zum Sprung geduckt und starrte den Panda an. In dieser Stellung verharrte sie mehrere Sekunden lang. Jhi lief auf zwei Beinen auf den hypnotisiert wirkenden Berglöwen zu und nahm seinen Kopf zwischen beide Pfoten. Da rollte sich der Puma wie ein zahmes Hauskätzchen auf dem Boden zusammen, die Augen fielen ihm zu und im nächsten Augenblick war er auch schon eingeschlafen.

„Immerhin", murmelte Meilin und blickte sich um.

Barlow trieb den Widder gemeinsam mit Tarik den Sims entlang auf die Neuankömmlinge zu. Eine gute Idee, fand Meilin. Vielleicht konnten sie ihre Gegner dazu benutzen, mit dem Widder fertigzuwerden. Briggan war inzwischen zu Conor zurückgekehrt. Vor ihnen lag ein Amayaner auf dem Boden. Seine Bergziege trat gerade angesichts der geballten Macht von Conors Axt und Briggans Kiefern zurück. Monte rang mit einer zhongesischen Frau, deren gelenkiger Mungo mit Scrubber aneinandergeraten war. Die Frau drohte, Monte zu überwältigen.

Meilin wusste von ihrem Vater, dass Fairness auf dem

Schlachtfeld keine Rolle spielte. Wenn es ums Überleben ging, kämpfte man mit allen Mitteln und nützte jeden Vorteil. Meilin stürmte also kurzerhand zu Monte, schlug der Frau auf den Kopf und drosch dann auf den Mungo ein.

Unterdessen griff der Büffel Arax an. Barlow und Tarik sprangen noch rechtzeitig zur Seite. Der Büffel war zwar stark und groß, wirkte neben dem Riesenwidder aber dennoch mickrig. Ein Amayaner rannte hinter ihm her und befahl ihm, stehen zu bleiben. Mit einem hässlichen Knirschen stießen Widder und Büffel Kopf an Kopf zusammen. Der Büffel ging mit seltsam verrenkten Gliedern zu Boden und der Mann schrie.

Über ihnen kreischte Essix. Meilin hob den Kopf. Auf der Felswand hockten Abeke und Uraza. Abeke hatte den Bogen auf das Getümmel hier unten gerichtet, aber Essix gönnte ihr keinen Schuss. Immer wieder flog sie dicht an ihr vorbei und griff mit ihren Krallen nach Abekes Händen, um sie am Zielen zu hindern. Uraza fauchte und schlug mit seinen Tatzen nach dem Vogel. Wieder kreischte Essix.

„Nicht, Abeke!", rief Meilin. „Du kämpfst für die falsche Seite!"

Abeke wollte Essix abschießen, verfehlte ihn aber knapp. Meilin sah sich nach Jhi um. Sie kletterte gerade von der anderen Seite den letzten Abschnitt der Felswand hinauf, auf der Abeke kauerte.

Tarik kämpfte mit dem Schwert gegen Zerif. Mit der Beweglichkeit und Anmut eines Akrobaten sprang der Grünmantel hin und her und holte dabei immer wieder zu tödlichen Streichen aus. Doch Zerif war ihm ebenbürtig, wehrte die Schläge ab und griff seinerseits mehrfach blitzschnell an.

„Meilin, Vorsicht!", rief Monte warnend.

Meilin fuhr herum und konnte gerade noch einem Schwerthieb des Jungen mit dem Vielfraß ausweichen. Die Klinge des Schwertes glänzte, der Griff war vergoldet. Als Meilin ihm mit ihrem Stab die Beine wegschlagen wollte, sprang er hoch, schlug erneut zu und hätte sie fast getroffen. Meilin griff mit ihrem Stab an, doch er schlug ihn in der Mitte entzwei, und als sie mit je einer Hälfte in den Händen weiterkämpfen wollte, schlug er von diesen mit gezielten Hieben immer größere Stücke weg. Er bewegte sich so geschickt und so schnell, dass Meilin zu der Überzeugung kam, nicht einmal ein Schwert hätte ihr jetzt etwas genutzt.

Sie wich zurück und zog ihre Keule zu sich. Die Keule war dicker und kürzer als der Kampfstab und mit Eisenringen verstärkt.

Aus dem Nichts tauchte Rollan mit seinem Dolch auf, doch der fremde Junge parierte auch diesen Angriff und verpasste Rollan einen Fußtritt. Dann bekam der Vielfraß Rollan am Arm zu fassen und schüttelte ihn wie wild.

„Du bist begabt", sagte der Junge schließlich zu Meilin. „Schade, dass du auf der falschen Seite stehst."

„Deine Leute sind in meine Heimat eingefallen", erwiderte Meilin böse.

„Aber das zeigt doch nur, wie sehr wir Zhong bewundern", erwiderte der Junge. „Wir träumen von einem besseren Zhong, das nicht mehr von den Grünmänteln unterdrückt wird."

Meilin griff ihn blitzschnell mit ihrer Keule an, doch er wich dem ersten Schlag aus, parierte den zweiten und griff dann seinerseits an. Nur mit Mühe konnte sich Meilin behaupten und musste schließlich zurückweichen. Als er sie mit einem über Kopf geführten Schlag angriff, brauchte sie ihre ganze Kraft, um ihn abzuwehren. Dabei ließ sie für ein paar Sekunden seine Beine aus den Augen – und sofort trat er ihre Beine weg. Sie stürzte auf den Boden.

Mit erhobenem Schwert stand der Junge über Meilin und grinste. „Ich schlage vor, du ergibst dich."

Der Widder aus Granit

Von ihrem Platz auf dem Felsen aus konnte Abeke das ganze Geschehen überblicken. Unter ihr kämpfte Zerif gegen einen hochgewachsenen Grünmantel. Er bewegte sich mit einer großen Geschmeidigkeit, die Abeke noch nie zuvor gesehen hatte. Gewandt drehte er sich in verschiedene Richtungen, sprang hierhin und dorthin und ließ sein Schwert kreisen. Shane kämpfte gegen ein zhongesisches Mädchen, das noch sehr jung und klein aussah, sich dafür aber erstaunlich gut zur Wehr setzte. Abeke wollte Shane mit ihrem Bogen helfen, aber der Falke sauste immer wieder im Sturzflug auf sie nieder und drohte, mit seinen scharfen Krallen die Sehne ihres Bogens zu zerreißen. Zwei Pfeile hatte sie verschwendet bei ihren vergeblichen Versuchen, ihn zu erlegen.

Uraza knurrte leise. Abeke meinte zu verstehen, was die Leopardin wollte. Sie kniete sich neben sie, legte einen Pfeil auf und zielte nach unten. Als der Falke sich wieder näherte, lehnte sie sich rasch zur Seite und Uraza sprang hoch und bekam mit dem Maul einen Flügel zu fassen. Der Falke wehrte sich kurz, ergab sich dann aber doch, eingeschüchtert durch Urazas drohendes Knurren.

Abeke spannte erneut ihren Bogen. Am besten erschoss sie zuerst den Grünmantel, der gegen Zerif kämpfte. Oder den Hünen mit dem Bären. Doch da er im Augenblick Arax ablenkte, ließ sie ihn besser in Ruhe. Der Widder hatte bereits den Büffel erledigt und auch Neil und seinen Pavian mit seinen Hufen übel zugerichtet.

Während sie noch nach einem Ziel suchte, begann der Bogen in ihrer Hand zu zittern. Sollte sie wirklich einen Grünmantel erschießen? Sie war hierhergekommen, um Zerif und Shane zu dem Talisman zu verhelfen. Aber was hier geschah, bereitete ihr ein ungutes Gefühl.

Das zhongesische Mädchen hatte einen Panda, der Junge mit der Axt einen Wolf. Und der Falke, der ihr so zugesetzt hatte – war das Essix? Kein Zweifel – sie kämpfte hier gegen die restlichen drei Gefallenen. Welche war hier eigentlich die richtige Seite?

Shane und Zerif wollten Abeke als Verbündete. Oder genauer: Sie wollten Uraza. Sie runzelte die Stirn. Bevor der Leopard aufgetaucht war, hatte sich niemand sonderlich für sie interessiert. Die Zweifel begannen sie zu lähmen, deshalb versäumte sie die Gelegenheit, in den Kampf einzugreifen.

Der Panda kletterte indessen mit ruhiger Beharrlichkeit auf sie zu. Aus dem pelzigen Gesicht blickten Abeke seltsam silberne Augen an. Ja, das konnte nur Jhi sein. Sie war hier umgeben von Gestalten, deren Geschichten man sich überall schaudernd am Lagerfeuer erzählte: den Grünmänteln, dem Widder Arax und den Vier Gefallenen. Und welche Rolle spiele ich in dieser Geschichte?, fragte sie sich. Bin ich eine Heldin oder eine Schurkin?

Uraza blickte auf die plumpe Pandabärin herab. Sie wirkte viel zu unbeholfen für den schmalen Grat. Abeke richtete ihren Pfeil auf sie.

Da drehte Uraza sich zu Abeke um und ließ ein tiefes Knurren hören, ohne den Falken dabei loszulassen. Sofort senkte Abeke den Bogen. Uraza hatte sie noch nie so unverblümt zurechtgewiesen.

Der Bär kam näher heran und schnupperte an Uraza. Der Leopard ließ Essix los, die sofort aufflog und sich entfernte. Uraza musste sie derart vorsichtig gehalten haben, dass ihr Flügel unbeschädigt geblieben war. Mit seinen scharfen Zähnen hätte er ihn leicht abreißen können, wenn er gewollt hätte.

Die beiden Tiere rieben ihre Nasen aneinander, dann blickte Uraza zu Abeke auf und schnurrte.

„Du erkennst Jhi?", fragte sie.

Uraza blickte sie nur eindringlich mit ihren leuchtend violetten Augen an. Und Abeke hatte ausnahmsweise mal nicht die geringste Ahnung, was sie von ihr wollte.

Ratlos umklammerte sie ihren Bogen. Wenn sie die Grünmäntel in Frieden ließ, würden sie wahrscheinlich den Talisman entwenden. Deshalb waren sie schließlich hier. Vielleicht konnte so ein Blutvergießen verhindert werden.

Unter ihr stand Shane über das zhongesische Mädchen gebeugt und hatte das Schwert zum entscheidenden Schlag erhoben. Das Mädchen lag wehrlos auf dem Boden. Doch dann griff ein Junge, an dessen Arm Shanes Vielfraß hing, Shane von hinten an. Abeke hielt die Luft an. Völlig überrumpelt stürzte Shane mit einem Knall zu Boden und das Schwert fiel ihm aus der Hand. Eins seiner Beine war in einem unnatürlichen Winkel verdreht. Das Mädchen riss das Schwert an sich und holte damit aus. Shane blickte benommen zu ihr auf und rief den Vielfraß zurück.

„Wir kämpfen nicht gegen Jhi", sagte Abeke zu Uraza. „Aber bitte lass nicht zu, dass das Mädchen und der Junge Shane töten."

Uraza duckte sich und sprang mit lautem Gebrüll von der Felswand hinab ins Kampfgetümmel. Abeke selbst hätte sich den Sprung in eine solche Tiefe niemals zugetraut. Uraza drückte das zhongesische Mädchen mit der einen Pfote zu Boden, den amayanischen Jungen mit der anderen. Das Mädchen erschrak, aber als Uraza einen neuen Angriff von Shanes Vielfraß mit einem lauten Fauchen abwehrte, fiel ihr Blick auf Abeke. Abeke nickte ihr zu. Der Schrecken des Mädchens wurde zu Verwirrung.

Abeke suchte den Himmel nach Essix ab. Der Falke

schwebte über der Stelle, an der der Sims mit der Felswand verschmolz, nachdem er immer schmaler geworden war. Dort stand Sylva. Ihre Fledermaus flatterte um einen kleinen Felsvorsprung in einiger Entfernung herum. Sylva schien nicht weiterzukommen. Offenbar befand der Talisman sich außer Reichweite drüben bei der Fledermaus. Von den anderen schien niemand Sylva zu beachten. Abeke lief rasch auf dem oberen Rand der Felswand entlang. Wenn sie Sylva half, konnten sie den Talisman vielleicht holen und damit verschwinden.

Sie kletterte an einer weniger steilen Stelle herunter. In der Hast schrammte sie sich dabei Arme und Beine auf. Das letzte Drittel ließ sie sich fallen und landete sicher auf dem Sims. Dort wartete bereits Uraza.

„Wir müssen den Talisman holen", sagte Abeke und lief, so schnell sie konnte, den Sims entlang.

Vor ihr packte der Falke die Fledermaus. Sylva schrie und streckte die Arme nach ihrem Seelentier aus. Der Falke schüttelte die Fledermaus heftig und ließ sie dann los. Wie ein Stein stürzte sie in die Tiefe, bis sie nicht mehr zu sehen war. Sylva fiel auf die Knie und brach in lautes Jammern aus. Abeke lief unbeirrt weiter.

Essix kehrte zu dem Vorsprung zurück, vor dem die Fledermaus gewartet hatte. Abeke sah, dass auf dem Vorsprung aus kleineren Steinen eine Art Schrein errichtet worden war. Der Falke bearbeitete ihn mit Schnabel und Klauen, konnte ihn aber nicht öffnen.

„Verschwindet!", brüllte Arax. Seine mächtige Stimme hallte durch das Gebirge. „Weg mit euch, ihr Diebe und Betrüger!"

Brausend wie ein reißender Fluss fuhr eine Sturmbö über den Sims. Sie erfasste Abeke im Rücken und trieb sie vorwärts. Essix wurde von dem kleinen Vorsprung geblasen, sauste taumelnd durch die Luft und prallte ein paarmal gegen den Felsen, bevor sie sich in eine geschützte Nische flüchten konnte.

Abeke erinnerte sich an Zerifs Warnung, dass Arax über die Winde gebot. Ein Regentänzer musste meist einige Tage lang arbeiten, um das Wetter zu beeinflussen – Abeke hatte nicht mit solchen spontan aufkommenden Böen gerechnet. Sie wechselten völlig unberechenbar die Richtung und Abeke musste sich immer wieder festhalten, damit sie nicht abstürzte. Uraza rannte zu ihr. Der Wind fuhr durch ihr Fell und drückte es zusammen.

Endlich war Abeke bei Sylva angekommen. „Wo ist die Fledermaus?", fragte sie.

„Boku ist auf einem Felsen tief unter uns gelandet." Sylva starrte entsetzt hinab in die Tiefe. „Er ist verletzt."

Abeke blickte zu dem Vorsprung mit den aufgeschichteten Steinen hinüber. Er lag höher als der Sims und war von dessen Ende noch ein gutes Stück entfernt. Dazwischen bemerkte sie einige kleinere Vertiefungen und Vorsprünge. Sie sah Uraza an.

„Glaubst du, ich schaffe das?"

Uraza stupste sie ermutigend an.

Abeke spürte, wie sie Urazas Wahrnehmung und Kraft in sich aufnahm und ihre Sinne sich schärften. Sie sah den Felsen auf einmal viel deutlicher und entdeckte überall Möglichkeiten des Halts für Hände und Füße. Selbstvertrauen durchströmte sie. Sie legte den Bogen weg und duckte sich. Der Wind kam von hinten. Dennoch hätte ein normaler Mensch es niemals geschafft, zum nächsten Vorsprung zu springen. Doch Uraza verlieh Abeke Wunderkräfte.

Sie nahm Anlauf und sprang. Vom Wind bekam sie zusätzlichen Schwung. Sie landete auf einem kleinen Sims und sprang gleich zum nächsten, kleineren weiter. Dort trat sie nur mit einem Bein auf, streckte sich wieder und hielt sich mit den Armen an einem knollenförmigen Vorsprung fest. Die Kanten des Felsens schrammten ihr schmerzhaft über Handgelenke und Unterarme. Um sie herum heulte der Wind. Sie zog sich auf den Vorsprung hinauf und sprang erneut. Diesmal nahm ihr der Wind den Schwung und selbst mit Urazas Kraft schaffte sie es kaum bis zum nächsten Halt. Sie vermied es, nach unten zu blicken, denn dort gähnte der Abgrund.

Wieder zog sie sich hinauf. Der Wind sauste ihr in den Ohren und zerrte an ihren Kleidern. Sie ging bis zum Ende des schmalen Vorsprungs, dann brachte ein letzter Satz sie zu dem Vorsprung mit dem Schrein.

„Nein!", brüllte Arax. „Untersteh dich!"

Der Wind verdoppelte seine Kraft und die ganze Bergflanke erzitterte. Gegen den Wind gelehnt, kämpfte Abeke sich zu dem Schrein durch. Sie suchte sich einen festen Stand und drückte mit aller Kraft gegen den schweren Deckel. Er bewegte sich und fiel hinunter. Eine kleine Widderfigur aus Stein, die an einer Eisenkette befestigt war, lag darin.

Der Wind ließ nach, aber dafür bebte der Berg stärker. Einige Simse und Vorsprünge brachen ab und stürzten an der senkrechten Wand entlang in die Tiefe. Abeke zog sich die Kette über den Kopf und betete, der Talisman möge ihr helfen.

Sie schwankte. Der Sims unter ihren Füßen bekam immer größere Risse und die Felswand bebte stärker denn je. Abeke fühlte sich durch den Talisman nicht stärker als zuvor. Zudem waren einige der Felstücke und Vorsprünge, die sie auf dem Herweg benutzt hatte, durch das Beben abgebrochen, sodass ihr der Rückweg versperrt schien. Und als wäre das nicht schon genug, begannen jetzt auch noch Steine von oben auf sie herabzuregnen und der Sims, auf dem sie stand, drohte vollends abzubrechen. Sie hatte keine andere Wahl als zu springen.

Sie spürte die Macht des Talismans erst im Sprung. Aber dann war ihr plötzlich, als hätte sich die Kraft, die Uraza ihr verlieh, noch einmal vervierfacht. Sie gelangte viel weiter, als sie gehofft hatte, während der Steinsims hinter ihr in die Tiefe stürzte.

Leider reichte es nicht ganz bis zum Hauptsims und die anderen Tritte waren inzwischen alle abgebrochen. Sie flog bereits tiefer, da entdeckte sie eine Einkerbung im Fels, die als Halt für ihren Fuß gerade ausreichte. Sie stieß sich sofort wieder ab, stieg noch ein wenig auf, drückte sich ein letztes Mal von einem kleinen Vorsprung ab und landete auf dem großen Sims neben Uraza.

„Unglaublich", sagte Sylva staunend.

Der Wind ließ nach und der Falke schwang sich wieder in die Lüfte. Sylva machte sich an den gefährlichen Abstieg zu ihrer Fledermaus.

Abeke nahm ihren Bogen und wandte sich Arax zu. Die Kämpfenden bewegten sich langsam in ihre Richtung. Einige Menschen und Tiere lagen bereits am Boden, gegen die anderen kämpfte Arax wie ein Wilder. Vor Abekes Augen stieß er den Grizzly mit seinen mächtigen Hörnern über den Rand des Simses. Er selbst konnte gerade noch anhalten, der Bär dagegen stürzte hinunter und verschwand.

Dann fuhr Arax zu ihr herum und richtete den Blick seiner mordlustig blitzenden gelben Augen auf den Talisman an ihrem Hals. Er brüllte so laut, dass der Berg erzitterte, und stürmte auf sie zu. Abeke wich gewandt zur einen und dann zu anderen Seite aus, aber Arax schien ihre Bewegungen im Voraus zu erraten. Schließlich stand sie mit dem Rücken zum Abgrund. Mit gesenkten Hörnern rannte Arax auf sie zu.

Mit einem unmenschlichen Gebrüll rannte der bärtige Hüne, dessen Bär in den Abgrund gestürzt war, ihm nach und schlang seine sehnigen Arme um ein Hinterbein. Arax kam schliddernd zum Stehen, machte einen Buckel und wollte sich umdrehen, doch der Mann hob den Huf hoch und schob. Briggan verbiss sich in ein anderes Bein, Essix stürzte sich kreischend von oben auf Arax, um ihm mit ihren Krallen die Augen auszukratzen. Der Widder schüttelte sich und schwankte. Mit einem Schrei und einer letzten gewaltigen Anstrengung schob der Mann ihn noch ein Stück weiter und über den Rand des Abgrunds.

Der Mann fiel auf die Knie, während der Widder dem Bären zum Talboden folgte.

Abeke starrte ihn entgeistert an. Der Fremde hatte nicht nur ein Großes Tier besiegt, er hatte ihr auch soeben das Leben gerettet.

„Alles ... in Ordnung?" Keuchend steckte er ihr die Hand hin. Bevor Abeke sie ergreifen konnte, rannte Zerif zu ihm und stieß ihm sein Schwert in den Rücken. Abeke schrie entsetzt auf und schlug sich die Hand vor den Mund. Der Hüne tastete wie betäubt nach der aus seiner Brust ragenden Klinge. Im nächsten Augenblick tauchte der Grünmantel mit dem Otter neben ihm auf und griff Zerif an, aber Zerif wich ihm aus und floh. Sein Schwert ließ er stecken.

Abeke wollte ihren Augen nicht trauen. Dieser Mann, der eigentlich ihr Feind war, hatte ihr das Leben gerettet und war dafür niederträchtig erstochen worden. Von hinten! Was war verachtenswerter? Abeke beugte sich über ihren Retter. Zerif rannte unterdessen zu Shane und hob ihn auf. Der hochgewachsene Grünmantel kämpfte noch mit einer Amayanerin. Die Giftschlange der Frau wollte ihn gerade von hinten beißen, da packte der Otter des Grünmantels sie unmittelbar hinter dem Kopf. Die Schlange wand sich heftig, aber der Otter ließ sie nicht los. Im nächsten Augenblick schlug der Mann seine Gegnerin mit dem Heft seines Schwerts bewusstlos.

Zerif und seine Gefährten flohen den steinigen Hang hinauf. Zerif hatte sich Shane über die Schulter geworfen. Shanes Schwert hielt er in der Hand. Aufgeregt drehte er sich noch einmal um und blickte zu Abeke zurück. „Beeil dich! Wir müssen verschwinden!"

Abeke schüttelte den Kopf. Eine seltsame Gewissheit überkam sie. „Mit uns ist es vorbei! Ich stehe nicht mehr auf eurer Seite, Zerif!"

Er sah sie fassungslos an, dann trat kalte Wut in seine Augen. Sein Schakal war noch unverletzt, aber Shanes Vielfraß hinkte. Auch die anderen Überlebenden waren zum Teil übel zugerichtet. Bis auf einen hatten alle ihre Tiere verloren. Zerif hatte niemanden mehr, der ihm helfen konnte.

Abeke legte einen Pfeil auf die Sehne ihres Bogens. „Verschwindet oder ich schieße."

Nach einem letzten, hasserfüllten Blick drehte Zerif sich um und eilte mit übermenschlich großen Schritten den Hang hinauf.

Der hochgewachsene Grünmantel wandte sich an Abeke. „Du hast den Talisman?", fragte er.

Abeke senkte den Bogen und griff nach dem Anhänger an ihrem Hals. „Ja."

„Und du stehst jetzt auf unserer Seite?"
„Wenn ihr mich brauchen könnt."
Der Grünmantel nickte knapp. „Und ob wir dich brauchen. Sogar ganz dringend. Ich bin Tarik."
Er trat zu dem gefallenen Mann mit Bart. Neben ihm knieten das zhongesische Mädchen und ein kleiner, kahlköpfiger Mann, der einen Waschbären bei sich hatte. Jhi schnupperte an der Wunde, aus der das Schwert ragte.
„Heile ihn!", forderte das Mädchen den Panda auf. „Das kannst du doch, nicht wahr? Oder hilf mir wenigstens, ihn zu heilen. Was muss ich tun?"
„Nicht alle Wunden können geheilt werden", röchelte der Bärtige. „Der Widder hat meinen Jools getötet, aber davor hat der Bär mir noch ein letztes Mal Kraft verliehen. Ich habe noch nie im Leben ein so schweres Gewicht hochgehoben."
Jhi leckte das Mädchen, das ganz ungeniert weinte. „Rette ihn doch", wiederholte sie immer wieder schluchzend.
Der Bärtige hielt die Hand des Kahlkopfs. „Du warst der beste Gefährte, den man sich nur wünschen kann, Monte", sagte er. Seine Stimme war jetzt nur noch ein Flüstern. „Ein wahrer Freund." Er holte rasselnd Luft. „Sag bitte allen, dass ich ein Großes Tier von einem Felsen gestürzt habe."
„Man wird dieser Heldentat in Geschichten und Liedern gedenken", versprach Monte.
„Tut mir Leid, dass ich dich so früh verlassen muss."
„Irgendwann komme ich nach", sagte der Kahle. Tränen liefen ihm über die Wangen.

Der Bärtige blickte zu Tarik auf. Sein Atem ging schwer und Blut tropfte von seinen Lippen auf den Bart. „Wenn es möglich ist, begrabt mich in einem grünen Mantel."

„Nichts wäre passender", sagte Tarik.

Der Bärtige ließ den Kopf sinken und schloss die Augen. Monte beugte sich über ihn und flüsterte etwas. Die Brust des Bärtigen hob und senkte sich noch einige Male ruckartig, aus seiner Kehle kam ein Gurgeln, dann lag er still.

„Unglaublich, dass er ein Großes Tier getötet hat", sagte der Junge mit dem Wolf verwirrt.

„Arax ist nicht tot", erwiderte Tarik. „Dazu bräuchte es mehr als selbst diesen tiefen Sturz. Die Großen Tiere haben viel mehr Leben in sich als andere Wesen. Aber wenn wir uns beeilen, könnten wir Arax und seinem Zorn noch entkommen." Er klang ruhig und gefasst, wirkte jedoch sehr erschöpft. Und tieftraurig.

Monte hob den Kopf. „Barlow ist tot. Ich möchte ihn nicht hier liegen lassen."

„Es wird nicht leicht sein, ihn zu den Pferden zu schaffen", sagte Tarik. „Aber wir kriegen das hin."

Uraza knurrte zustimmend.

„Und wenn unsere Feinde uns irgendwo auflauern?", fragte der Junge mit dem Wolf.

Tariks Miene verdüsterte sich und er strich über das Heft seines Schwertes. „Dann lasst sie kommen."

Die Gefallenen

Conor lehnte gegen die höchste Brüstung der Westburg und blickte nach Westen. Eine leichte Brise spielte in seinen Haaren. Auf dem Turm hatte man eine gute Aussicht, aber das Gebirge, in dem die Gefährten Arax begegnet waren, war sehr weit weg. Von hier aus konnte man es nicht mehr sehen. Briggan saß neben ihm und rieb die Schnauze an seiner Hand.

Am Nachmittag des Vortags waren sie zur Westburg zurückgekehrt. Unterwegs hatten sie sich kaum Pausen gegönnt. Zu sehr hatten sie gefürchtet, Arax könnte sie einholen oder Zerif in einem Hinterhalt auf sie warten. Doch niemand hatte sie behelligt.

Barlow war, eingehüllt in Tariks Mantel, auf einer grünen Wiese begraben worden. Monte hatte sie zur Westburg begleitet, um sein Gelübde zu erneuern. Auf dem Rückweg war er nicht annähernd so redselig gewesen wie auf dem Hinweg.

Conor wollte nicht an Barlow oder Jools denken – und noch viel weniger daran, wie ihm zumute wäre, wenn Briggan etwas zustoßen würde. Er wollte auch nicht an die Gefahren denken, die noch auf ihn und seine Freunde warteten, und daran, dass er vielleicht weitere Gefährten verlieren könnte.

Er strich über Briggans dickes Nackenfell. „Ich kann noch gar nicht glauben, dass wir wieder hier sind. Wir waren zwar nicht lange weg, aber es kommt mir wie eine Ewigkeit vor."

Der Wolf leckte ihm die Hand. Damit hatte er seit dem Kampf im Gebirge angefangen. Conor kniete sich hin und kraulte ihn mit beiden Händen.

„Hab Geduld mit mir", sagte er. „Mit der Axt muss ich noch üben. Zwar habe ich diesmal überlebt und konnte einige Feinde zurückschlagen, aber ich kann noch mehr – das weiß ich. Beim nächsten Gefecht brauchst du mir nicht mehr so oft zu Hilfe kommen."

Briggan rieb die Schnauze an Conors Unterarm.

„Das kitzelt."

Der Wolf stupste ihn mit der Nase an.

„Was machst du da?"

Briggan sah ihn unverwandt an.

„Ach so", begriff Conor endlich. „Wie geht das noch gleich?" Er hatte gesehen, wie die anderen den Arm ausstreckten, also tat er dasselbe.

Mit einem Blitz verwandelte sich Briggan in ein Tattoo auf der Rückseite seines Unterarms. Es brannte kurz, als hätte er mit dem Arm etwas Heißes berührt, doch vergingen die Schmerzen rasch wieder.

„Ich habe alles gesehen", sagte eine Stimme hinter ihm.

Er drehte sich um. Rollan trat durch die Tür, die auf die Aussichtsplattform führte. Sein Arm war verbunden und hing in einer Schlinge. Meilin und Abeke folgten ihm. Sie trugen beide ihren grünen Mantel.

„Wie lange kannst du das schon?", fragte Rollan. „Hast du es vor mir geheim gehalten, um mich zu schonen? Ich brauche keine Rücksicht."

„Es war das erste Mal", sagte Conor und zeigte ihm das Mal. „Ehrenwort."

„Gut gemacht", sagte Meilin.

„Danke", sagte Conor verlegen. Gespräche mit Meilin brachten ihn immer durcheinander. Meilin war einfach so … unglaublich. Und schwer zu durchschauen. „Ich glaube, Briggan traute sich nicht, solange wir draußen unterwegs waren. Hier fühlt er sich vermutlich sicherer."

„Ob sich Essix je irgendwo sicher fühlt?", fragte Rollan.

„Gib ihr Zeit!", riet Abeke.

„Wo ist sie überhaupt?", fragte Conor.

Rollan suchte mit zusammengekniffenen Augen den Himmel ab. „Dort, wo sie immer ist – ich weiß nur nicht, wo. Sie will wohl einfach in Ruhe gelassen werden und das akzeptiere ich."

„Sie ist bestimmt nur sauer auf dich, weil du kein Grünmantel werden willst", sagte Conor.

„Nein." Rollan schüttelte den Kopf. „Ich glaube, das versteht sie. Seid ihr aber bitte auch nicht sauer. Ich respektiere eure Entscheidung, wirklich, vor allem deine, Abeke. Du hast so viel durchgemacht. Aber ich bin einfach noch nicht sicher, ob ein offizielles Gelübde richtig für mich ist. Ich bleibe ja bei euch und helfe euch. Und wer weiß, vielleicht trage ich den Mantel irgendwann auch."

„Was passiert eigentlich jetzt, nachdem wir unsere erste Mission erfüllt haben?", fragte Meilin.

„Wir trainieren wahrscheinlich wieder", vermutete Conor. „Damit wir unseren Tieren ebenbürtig sind. Und dann suchen wir die restlichen Talismane. Jedenfalls möchte ich das."

„Hast du in letzter Zeit wieder von unbekannten Tieren geträumt?", fragte Rollan lächelnd.

Conor blickte auf sein Tattoo, dann wandte er sich ab und starrte in die Ferne. „Ich finde, wir haben eine Ruhepause verdient."

„Du hast meine Frage nicht beantwortet", sagte Rollan.

Conor schlug die Augen nieder. „Also gut. Ich habe Olvan noch nichts davon gesagt und auch Lenori nicht, obwohl sie mich heute Morgen so komisch angesehen hat. Ich will niemandem Angst machen und wir sollten uns ja auch zuerst einmal erholen, aber seit ein paar Tagen … habe ich Albträume von einem Eber."

Rückkehr

Auf der anderen Seite von Erdas, die von Amaya durch einen Ozean getrennt wurde, prasselte warmer Regen auf einen großen Erdhügel inmitten einer öden Ebene nieder. Grelle Blitze zuckten durch die Nacht und erhellten die schwarzen Wolken. Im Krachen und Rumpeln des Donners ging das Trommeln des Regens unter.

Hunderte, vielleicht Tausende von Wombats wühlten sich am Rand des Erdhügels wie eine Armee von Ameisen beim Nestbau durch die Erde. Weder das tosende Unwetter noch ihre wunden Pfoten konnten sie von ihrem Vorhaben abbringen.

Ein Mann ging zwischen ihnen hin und her und sah ihnen im grellen Licht der Blitze zu. Bald würde es vollbracht sein, der Mann spürte es.

In der Hand hielt er einen schweren, groben Schlüssel, in den Tiergesichter eingeritzt waren. Endlich hatte man ihm den Schlüssel gebracht, wie es versprochen war. Die Arbeit vieler Jahre sollte heute ihren Abschluss finden.

Plötzlich stellten sich ihm die Härchen im Nacken und an den Armen auf. Die Luft begann zu vibrieren. Er machte einige schlurfende Schritte, dann hockte er sich hin, legte den Schlüssel auf den Boden und hielt sich die Ohren zu.

Der Blitz schlug einen Steinwurf entfernt ein und der Mann spürte, wie der Boden bebte. Der Donner war selbst bei zugehaltenen Ohren unerträglich. Seine Beinmuskeln zogen sich schmerzhaft zusammen, aber er wurde nicht umgeworfen.

Im Schein des nächsten Blitzes sah er tote Wombats zu seiner linken Seite. Die anderen gruben eifrig weiter. Die Tiere liefen nicht weg, wie es ihrer Art entsprach. Aber sie waren auch keine normalen Tiere. Sie hatten sich dem Wesen im Erdhügel unterworfen. Auch der Mann diente diesem Wesen, aber auf eine andere Art. Das redete er sich zumindest ein.

Er nahm den Schlüssel und stand auf. Um ihn tobte das Unwetter unvermindert weiter. Einige Male umrundete er den Hügel, bei jedem Schritt sank er in den aufgeweichten Boden ein. Im grellen Schein eines Blitzes sah er, dass die Wombats mit dem Graben aufgehört und sich an einer Seite des Hügels versammelt hatten.

Der Mann eilte ebenfalls dorthin. Jetzt fand er sein Ziel auch im Dunkeln, denn der Schlüssel wurde von einer unsichtbaren Kraft zu seinem Bestimmungsort gezogen, wie Eisenspäne zu einem Magneten.

In der Seite des Hügels klaffte ein Spalt. Die Wombats wichen ehrfürchtig zurück. Der Mann trat in den Spalt und kniete sich im strömenden Regen auf den nassen Boden.

Mit angehaltenem Atem steckte er den Schlüssel in das eben erst freigelegte Schlüsselloch. Ein dumpfes Rumpeln setzte ein, aber diesmal war es nicht der Donner. Es kam aus der Erde. Er spürte das Geräusch in seinem Körper, noch bevor er es hörte; schon bald war es zu einer ohrenbetäubenden Lautstärke angeschwollen.

Da riss auf einmal die Flanke des Hügels auseinander. Eine riesenhafte, schlangenähnliche Gestalt mit gespreiztem Nackenschild tauchte aus dem Spalt auf. Eine gespaltene Zunge kam aus ihrem Maul. Der Mann verbeugte sich tief. Er wusste nicht, ob er weiterleben durfte oder sterben musste. Wenn jetzt seine Zeit gekommen war, hatte er wenigstens sein Ziel erreicht. Er hatte diesem Wesen einen guten Dienst erwiesen.

Gerathon war frei.

BRANDON MULL ist Autor der Fantasyserien „Fablehaven" und „Beyonders", die beide auf Platz eins der New-York-Times-Bestsellerliste kletterten. Schon als Kind haben ihn nicht nur zahme, sondern auch wilde Tiere fasziniert: Neben einem Hund, einer Katze und einem Goldfisch besaß er eine selbstgefangene Tarantel. Heute lebt er mit seiner Frau, seinen vier Kindern und dem Familienhund in Utah, USA.

Testleserfragebogen

1. Ich bin __ Jahre alt.
   Ich bin ☐ ein Mädchen / ☐ ein Junge.

2. Ich fand das Buch ... (z.B. spannend/witzig/gruselig ...)
   _____

3. Würdest du gern lesen, wie es mit Abeke, Conor, Meilin, Rollan und ihren Seelentieren weitergeht? Warum?
   _____

4. Was hat dir besonders gut gefallen?
   _____
   _____

5. Findest du die Geschichte
   ☐ zu lang   ☐ genau richtig   ☐ zu kurz?

6. Hier kannst du noch Wünsche, Meinungen oder weitere Ideen aufschreiben:
   _____
   _____

   _____   _____
   Dein Name   Straße/ Hausnummer
   _____   _____
   Postleitzahl/ Wohnort   Land

Hier ist deine Meinung gefragt!

Unter allen Einsendungen verlost Ravensburger 100 Exemplare des zweiten Bands der Spirit Animals, „Die Jagd beginnt". Einsendeschluss ist der **31.12.2016**.

Deine Antwort kannst du an folgende Adresse schicken:

**Ravensburger Buchverlag Otto Maier GmbH
Kennwort: Testleser „Spirit Animals"
Postfach 2007
88190 Ravensburg**

Bitte vergiss deine Anschrift nicht!

Teilnahmebedingungen
Die Auslosung der Gewinner erfolgt unter allen Einsendungen per Zufallsprinzip. Die Gewinner werden per Post oder E-Mail benachrichtigt. Mitarbeiter der Ravensburger Gruppe, sowie deren Angehörige, sind von der Teilnahme am Gewinnspiel ausgeschlossen. Die Teilnahme über Dritte, bspw. Gewinnspielagenturen, ist ausgeschlossen. Keine Barauszahlung des Gewinns möglich. Der Rechtsweg ist ausgeschlossen. Die zugesendeten Daten werden nicht an Dritte weitergegeben. Sie werden ausschließlich zur Abwicklung des Gewinnspiels genutzt und nach Ermittlung der Gewinner gelöscht. Minderjährige bedürfen zu ihrer Teilnahme am Gewinnspiel der Zustimmung ihrer/ihres Erziehungsberechtigten.